밤의 수술실

밤의 수술실

이빗룰

orror

Night Surgery

오렌지를 먹었나요	7
근처의 꿈	49
불경한 슬픔	67
실업급여 사냥꾼의 마지막 근무	101
들어가도 돼?	125
보호구역	139
밤의 수술실	169

작가의 말 265

오렌지를 먹었나요

강바람이 차갑기는 서울이나 파주나 매한가지였다. 이미 잠긴 외투를 괜히 꼭 여몄다. 그래도, 살던 곳보다 조금 더 위로 올라왔다고 한결 추웠다. 그러니 집 바깥에 놓인 화장실이 길거리보다 추운 것도 그리 이상한 일은 아니었다. 화장실이 밖에 있는 것이 마음에 걸린다고 말하자 중개사는 말했다. 그 돈 갖고 수도권에 방 구하려면, 다 마음에 찰 수는 없어요. 원룸 보증금과 방세는 몇 년 새 성실히 올라서, 외곽으로 외곽으로 나가도 방 안에 욕실과 싱크대가 있는 곳을 찾기가 어려웠다. 방을 구하지 못한 채로 급하게 집 보기를 마치고 공중화장실을 찾았다. 칸막이에 들어가 외투를 벗고 스웨터를 들추자, 장루 주머니는 간신히 넘치지 않을 만큼 꽉 차 있었다. 어느새 배설기관을 대신하게 된 그것을 새로 갈아주는데, 목구멍이 뜨거웠다. 인공 항문에 든 배설물이 넘치지 않은 것에 이렇게나 다행스러워하는 나의 마음이, 아주 작고 비루하게 아팠다. 집 밖에 화장실이 있는 곳에 매일 사는 일을 생각해보았다. 그렇게 화장실을 나오자, 바람은 아까보다 차가워져 있었다.

오랜만에 만난 얼굴을 반가워할 여유 같은 건 없었다.
"어머, 혹시…."
트럭 한 대를 불러 동생 희지와 단둘이서 이삿짐을 옮기던 날, 양손에 쓰레기봉투를 든 여자는 나를 보고 눈을 둥그렇게 떴다. 나도 금세 그를 알아보았다.
"맞죠, 서울대 병원? 어머 세상에. 너 희아니?"
장루 주머니를 건드리지 않으려 애쓰며 짐을 옮기느라 겨울 외투 속 내의가 축축이 젖어 들고 있었다. 불편한 기분으로, 10년 전 같은 병실을 쓰던 아이의 모친에게 꾸벅 고개를 숙였다. 어머 세상에 웬일이야. 같은 말을 반복하던 여자는 어느 순간 멈칫하더니 나를 물끄러미 바라보았다. 그러더니 갑자기 내 어깨를 끌어안았다.

당혹스러움에 몸이 움찔했다.

"너, 어른이 됐구나."

"네. 이제 서른이 다된걸요."

"…그래. 나는, 여기 지층에 살아. 필요하거나 모르는 게 있으면, 언제든 연락해."

나는 희지가 짐을 옮기는 1층 새집 밑으로 이어진 시멘트 계단을 쳐다보다 물었다.

"유진이도, 여기 사나요?"

유진의 엄마는, 미소를 짓더니 고개를 가로저었다.

"유진이가 저랑 동갑이잖아요. 재밌었는데…."

나는 말을 하다 말고 멈추었다. 입 밖으로 그 말을 뱉는 순간, 10년 전 그 병실이 생생히 떠오른 까닭이었다. 기억 속 그곳에는 같이 수다를 떨던 열일곱 두 소녀뿐 아니라 차가운 침상, 정맥을 찌르던 바늘, 소변줄과 대변통, 그리고 심정지가 온 병실로 뛰어가는 의료진의 발소리와 위층에서 들려오는 곡소리도 있었다. 가장 견디기 어려운 건, 내가 그것 중 하나라는 사실이었다. 6인실 한 귀퉁이를 차지하고서 한 손으론 종일 아픈 배를, 다른 한 손으론 늘 꽉 차 있는 화장실을 대신할 대변통을 붙들고서 그 사실을 시리게 되뇌었다. 다른 환자들은 모두 곁에 상주하는 보호자가 있었다. 입원 동의서에 사인한 후 일을 하러 돌아가며 할머니는 말했다.

― 뭔 장염이 안 낫는다고 큰 병원에 입원까지 하라냐. 봐봐, 여기 있는 사람 하나같이 다 팔 하나씩 없고 장기 하나씩 잘라낸 사람들이야. 작은 병이니까, 혼자 있을 수 있지?

하지만 단순한 장염이 아닐 수 있다는 소견을 전공의한테서 들을 때도 할머니는 곁에 없었다. 내시경을 다시 해보자는 의사의 말에 나는 가격이 얼만가요, 묻고서 할머니가 허락해줄지 고민했다. 그러던 때 커튼 너머 맞은편 침대에선 엄마에게 투정을 부리는 목소리가 들려왔다. 신장병으로 입원한 동갑내기, 서유진이라는 아이였다. 전공의가 돌아가고 침대에 눕는데 베개 시트가 젖어 들었다. 귀로 눈물이 흘러 들어갔다. 내가 장염이든 그렇지 않든, 낫지 않는 신장병으로 온몸이 아프다는 저 아이보단 덜하다는 생각이 들었다. 그런데 그 순간 나는 그 아이가 미치도록 부러웠다. 세상에서 제일 아프고 심한 병이어도 좋으니, 아니 죽는 병이어도 좋으니, 이럴 때 돌봐주고 배를 만져주고 링거를 끌어줄 엄마가 있었으면. 복잡한 수속을 척척 도와주고 짐을 맡아주고 간호사가 주사를 잘못 놓으면 화를 내줄 엄마가 있었으면. 그런 생각을 하면 웅크리고 한참을 소리죽여 울었다. 그러다 내가 하는 생각을 알아차리고 깜짝 놀랐다. 그런 내가 무섭고 죄책감이 들었다. 그리고 다시 그 아이가 숨 막히게 부러워졌다. 그 병실을 나와 이곳에 올 때까지 한 번도 말해본 적 없는 일이었다.

"언니, 아까 그 아줌마 누구야?"
짐을 풀어놓으며 희지가 물었다.
"전에 입원했을 때…."
"언제? 작년에?"
"아니. 언니 처음 진단받던 때. 나 고등학생이고, 너 열다섯이던 때."
"뭐야, 10년 전이네. 그때 같이 입원했던 사람이란 말이야?"
"응. 그때 나랑 같은 병실에 동갑인 애가 있었거든. 만성신부전이었는데, 걔는 엄마가 있어서 이것저것 돌봐줬거든. 그 사람."
"언니, 우리도 엄마 있었어."
"내가 아플 땐 없었어."
"음…."
우리는 말 없이 짐을 정리했다.

"아무튼, 잘됐네. 모르는 거 있으면 물어보면 되겠다. 아까 번호도 주고받는 것 같던데?"

"그러게."

"분리수거 어디다 내놓는지부터 물어볼까?"

"우리가 먼저 좀 찾아보고서."

"나, 이따 나가봐야 돼."

"아 참. 오늘 오후 근무지?"

"응. 언니 점심 먹을 거야?"

아랫배가 묵직하게 아팠다.

"아니. 못 먹겠어."

"그럼 밥할 필요 없겠네."

"그래도 좀 먹고 가지 그래? 너는 병도 없으면서."

장난스럽게 말하자, 희지도 방싯 웃었다.

"아우, 뭐라도 잘못 먹으면 큰일 나는 것 알잖아. 동생 밥줄 끊겨서 같이 거리 나앉으려고?"

"염병. 그놈의 백화점은 화장실 하나 마음 편히 못 가게 하냐."

"직원들만 그래. 손님용 화장실은 얼마나 으리으리한데? 저번에 한번 배탈 나서 들어가봤는데, 세상에 클래식이 막 나오고 한 칸이 우리 살던 방만 해."

"야, 나도 그거 많이 해봤지. 길 가다 급하면 백화점부터 찾는데, 너희 백화점 화장실 가니까 무슨 거울에 금테를 둘러놨더라."

희지와 나는 깔깔 웃었다. 웃음소리가 아주 낮게 들렸다.

"나 그날 시말서 썼잖아. 뭐라고 써야 되냐고 물었더니, 본부장이 그러데? 자기관리를 못 해서 배탈이 난 탓에 고객용 화장실을 사용하는 우를 범했습니다, 라고 쓰래. 씨발, 나도 퇴근하면 그냥 사람인데 말이야."

"그러게, 개새끼들. 배탈 날 자격은 손님한테만 있어?"

"언니는 화장실 갈 자격은 되는데 백화점에 가질 못하네?"

"이년이. 네가 언니 거기 고객 좀 시켜줘봐라."

"알겠어. 내가 한번 꼭 기회를 봐서, 계산하던 돈통을 훔칠게. 그거 갖고 우선 방 안에 화장실 있는 집부터 구하자."

"그래. 그럼 너도 유니폼 벗고, 같이 근사한 옷 입고서 손님으로 너희 백화점에 가자."

농담으로라도 언니가 돈을 벌어서 호강시켜주마, 말하지 못하는 마음이 민망하고 미안했다. 그럴수록 과장되게 입꼬리를 올렸다.

재활용 쓰레기 내놓는 자리를 물으러 전화했을 뿐인데, 유진의 모친은 굳이 나를 직접 안내하겠다며 계단을 올라왔다. 묶어놓은 쓰레기봉투를 내 손에서 뺏어 번쩍 들고 나가더니, 뒤따르는 나를 돌아보며 말했다. 잠시라도 방에 들렀다 가라고. 곤란한 표정을 짓는 나를 끌다시피 해 데리고 내려간 그는 냉장고를 열더니 오렌지 주스를 꺼내왔다.

"저, 주스를 못 마셔요."

"어머, 그렇구나. 미안."

여자는 허둥대며 얼른 주스 뚜껑을 닫았다. 병을 진단받고 받아들이려 애쓰는 10년 동안 수없이 많은 사람 앞에서 말하고, 또 삼켜왔던 말이었다. 왜? 라고 묻지 않는 사람은 처음이었다. 대개는, 끝없이 장이 헐어 산도가 있는 과일을 먹지 못한다는 말을 들어도 다시 한번 '왜?' 하고 물었다. 그래서 또다시 '왜'를 고통스럽게 설명하고 나면, 못 먹는 음식도 먹어 버릇해야 난치병이 낫는다는 혁신적인 이론 전개나 못마땅한 기색이 돌아왔다.

"유진이도 그랬어."

여자는, 대신 그렇게 답했다. 말하지 않아도 아는 사실이었다. 유진과 나는 잠시간 친구였으니까. 나는 유진이 살지 않는다는, 집보다는 방이라고 부르는 것이 자연스러운 이곳에 가득한 유진의 흔적을 티 나지 않게 눈에 담았다. 방 안은 온통 유진의 물건과 사진으로 가득했다. 유진이는, 어디 있나요? 차마 물을 수 없는 물음이 목에 걸렸다.

"할머니는 잘 계시니? 너희 할머니가 우리한테 참 잘해주셨는데."

"돌아가셨어요."

"그랬구나."

할머니는 친절한 사람이었다. 손녀들에게도 어느 정도 그랬다. 만약 우리가 조금 덜 가난했더라면 내가 그를 다정하다고 기억했을까, 종종 궁금해졌다.

"너는 어때?"

그렇게 묻는 여자의 목소리가 떨리는 걸 알아차렸다.

"잘 지내고 있어요."

한 해가 가는 만큼 차근차근 병이 악화돼, 당연한 수순처럼 인공항문인 장루 주머니를 달았고 그래서 이렇게 겨우 한 층 아래인 남의 집에조차 길게 머무를 수 없어요. 그런 말을 하면 저 사람은 어떤 표정을 지으려나. 궁금하기도, 궁금하지 않기도 했다. 유진의 병도 내 병도 낫는 병은 아니었다. 만약 유진이 이 방이 아닌 이 세상에 없다는 말을 들으면, 어떤 얼굴을 해야 할지 알 수 없었다. 내 병에 대해 설명해야 하는 순간도 마찬가지였다. 아무리 오래 아프고 매일 아팠어도, 나는 날마다 내 고통이 생경하고 당혹스러웠다.

"먹고 싶은 걸 못 먹어서, 많이 힘들지?"

나는 유진의 엄마를 쳐다봤다.

"오렌지는, 먹어본 적이 없어서 괜찮아요."

내 병에 대해 점점 알게 되면서, 나는 내가 영영 오렌지 맛을 모를 것이라는 사실을 알아차렸다. 어린 어느 날, 동네 슈퍼에 오렌지가 처음 들어왔다. 오렌지는 귤보다 많이 비쌌다. 할머니랑 손을 잡고 장을 보러 가면, 자그마한 귤을 봉지에 담는 할머니 옆에서 가판 위에 노랗고 둥글게 가득 쌓인 오렌지를 한참이나 바라봤다. 이다음에 크면 꼭 먹어봐야지, 다짐했다. 산도가 있는 과일을 먹으면 위와 장의 궤양이 심해지는 난치병에 걸렸을 때, 할머니는 내게 미안하다고 했다. 내가 어릴 때 크고 굵은 오렌지를 한 번도 장바구니에 담지 않아서, 오렌지 더미 앞에서 손을 잡아끌어서 미안하다고 했다.

"저, 있지요…."

"얘, 어릴 때처럼 그냥 아줌마, 하고 불러."

"오렌지는, 무슨 맛이에요?"

"시고, 달콤하고, 포도처럼…."

느리게 말하다 말고 여자가 나를 가만히 끌어안았다. 내가 움찔 놀라 몸을 빼자, 여자도 당황한 듯 슬그머니 물러섰다. 나는 여자의 눈을 피했다.

"죄송해요."

"응?"

"그때, 유진이한테 포도를 줘서요."

여자는 물끄러미 나를 바라봤다.

"그걸 아직도 기억하니?"

"할머니도, 많이 미안해하셨어요."

갑자기 눈물이 북받쳤다. 이유를 알 수 없었다. 뚝뚝 흐르는 눈물을 손등으로 훔쳤다.

마지막으로 포도를 먹은 때, 같은 게 선명히 기억나는 사람이야 많지 않을 것이다. 하지만 내게는 생생히 떠오르는 어떤 날이 있었다. 처음 병을 진단받던 고등학교 1학년, 입원할 때만 해도 병명이 그저 내게 유독 자주 찾아오던 장염인 줄만 알았다. 내가 아플 때면 할머니는 자신의 언니에게 전화했다. 할머니와 나만큼이나 좁은 집에 살고 병 앞에서 당황하는, 평소엔 자주 찾지도 않던 자매를 할머니는 손녀가 아플 때마다 찾았다.

― 뭔 놈의 장염이 입원을 할 정도로 심하대?

이모할머니는, 굽은 허리로 종이 상자 하나를 끙끙대며 들고 병실에 들어섰다. 좁은 6인실을 가득 채운 보호자들 틈을, 마치 죄지은 사람처럼 굽은 허리를 더 굽히고서 다급하고 비틀대는 발걸음으로 지나 구석에 놓인 내 자리를 찾았다.

― 거봉이다. 알 굵다고 그냥 포도보다 비싸데?

― 장염에는 과일 먹으면 안 된대.

할머니는 그렇게 말했다.

― 그러냐? 그럼, 다 나으면 실컷 먹어라.

이모할머니는 침대에 기대앉은 나를 언제나처럼 말없이 바라보았다. 그리고 일어서 뒷짐을 지고 공연히 창밖을 내다봤다. 나는 그가 겨우 나만 할 때 나라를 지키겠다고 총을 들고 만주벌판을 달리던 소녀였다는 때가 그려지지 않았다. 그날 저녁을 먹고, 상자에서 포도 두 송이를 꺼내 양손에 나눠 들고 맞은편 유진의 침대로 갔다.

― 포도 먹을래?

― 나는 포도 먹으면 안 되는데.

― 나도 안 돼.

소녀 둘은 서로를 가만히 바라보다가 포도를 한 알씩 따 슬그머니 입에 넣었다. 톡, 포도가 입안에서 터지고 나는 입을 오물대며 떠들었다.

― 이거, 우리 이모할머니가 사 온 거야. 평소에는 과일 같은 거 잘 못 먹어.

― 왜? 너도 신장 때문에?

― 아니. 과일은 비싸잖아.

― 비싼 과일을 사 왔으면, 너네 이모할머니는 부자인가 보다.

― 우리보다 더 돈 없어. 몸도 많이 아프고. 그래서 혼자 살아.

― 정말? 가족도 없이?

― 응.

― 젊을 때 무슨 일을 하셨는데?

― 독립운동.

그 밤, 나는 엄청난 복통과 설사에 시달리며 하나뿐인 병실 화장실을 지나 링거를 끌고 복도 공용화장실을 드나들어야 했다. 그사이 복도에는 다급한 방송이 울려 퍼지고, 가운 입은 사람들이 우르르 병실로 달려가며 벽이 울렸다. 먹지 말라는 포도를 실컷 먹은 내가 앓은 것쯤은 아무것도 아니었다. 신장병을 가진 옆자리 소녀는 칼륨이 든 과일을 많이 먹은 탓에 부정맥을 일으켜 중환자실로 가야 했다. 할머니는 포도가 든 상자를 치웠다. 그게 내가 먹은 마지막 포도였다.

"괜찮아, 괜찮아."

유진의 모친은, 그렇게 말하며 내 얼굴을 있는 힘껏 닦아주었다.

"포도 한 번 먹는다고 어떻게 되지 않았어. 유진이는… 이러나저러나 계속 좋아졌다 나빠지기를 반복했어."

그는 내 뺨을 가만히 감싸 들더니 눈을 맞췄다.

"그때 중환자실에서 나오고, 유진이가 뭐라고 했는지 알아?"

"……."

"포도가 무슨 맛인지 기억이 안 났었는데, 그래서 오랜만에 처음 입에 넣었을 때는 그게 맛있는 줄도 몰랐는데, 입에서 포도알이 톡, 터지고 달콤한 과즙이 나오는 순간, 너무 행복하더래. 포도가 무슨 맛인지 기억이 나서, 너무 행복하더래."

여자의 목소리가 물기로 먹먹했다.

"희아야, 너는 어떠니?"

"네?"

"오렌지를 먹지 못해도, 포도를 먹지 못해도, 괜찮은 거야?"

그 말이 내 배를 쿵, 때리는 듯했다. 얼굴이 달아올랐다. 벌떡 일어나 외투를 집어 들었다. 저, 가봐야겠어요. 돌아보지 않고 그렇게 말한 채 문을 밀고 성큼성큼 계단을 올랐다. 바람이 차가웠다. 공용화장실엔 사람이 있었다. 장루가 새지 않을까 겁내며 시린 길 한복판에 서 있는데, 눈물이 날 것만 같았다. 어떻게 그런 말을 할 수 있지? 어떻게 어떻게. 나를 무엇을 안다고. 그런 말은 자기 딸한테나 하라고. 포도가 먹고 싶었다고 투정할 수 있는 엄마가 있는 당신 딸한테나. 죽었든 살았든 유진이한테나 하란 말이야. 좁은 화장실 안에서 변 주머니를 갈며 나는 그 말을 씹고 또 씹었다.

복숭아는 무슨 맛이었나. 생각해내는 데 한참이 걸렸다. 골목 초입 슈퍼마켓 앞에 수북이 쌓인 복숭아를 고르는 뒷모습은 유진의 엄마였다. 봉투에 복숭아를 담던 그는 뒤를 돌다 나와 눈이 마주치고는, 반가움 뒤에 머쓱한 미소를 숨겼다. 나도 어색하게 웃었다. 계산을 마친 그는 봉투에 든 복숭아를 등 뒤로 감추곤 내게 팔짱을 껴왔다.

"희아야, 바람이 참 좋다, 그치?"

어느새 마디마디마다 봄 꽃망울들이 터지고 있는 가지 끝을 바라보았다. 나는 봄바람이 얼마나 산뜻한지, 복숭아가 얼마나 달콤한지, 살을 맞대고 자는 일이 얼마나 포근한지 너무 잘 아는 사람이었다. 병은 내가 사랑하던, 그리고 제대로 가져본 일이 없던 그 모든 것을 앗아갔다.

"산책 나왔니?"

"네."

유진 엄마는 내 손에 들린 동네 약국 봉투에 대해 아무 말도 하지 않았다. 거기엔 장루를 오래 부착해 헌 피부에 바를 연고가 들어 있었다. 생활에 필요한 물건은 대부분 희지가 일하는 백화점에서 사 왔지만, 백화점에서는 인공항문 자리에 필요한 연고만은 팔지 않았다. 희지는 퇴근길, 지하 식품매장에서 친한 여사님들이 떨이로 안겨주는 찬거리를 종종 들고 왔다.

─ 백화점에서 장을 보시네요. 저것만 끊어도 지출이 훨씬 줄어드실 텐데. 왜 재래시장에 안 가세요?

장애 진단을 위해 방문한 사회복지공무원은 방을

휘 둘러보다가 백화점 스티커가 붙여진 바나나와 우유들을 가리키며 물었다. 굳이 더 많은 지원이 필요하겠냐고 덧붙이며. 나는 시장에 갈 몸 상태가 되지 않았고, 시장에서 파는 식재료와 생필품은 희아가 백화점 마감 때 들고 오는 것보다 훨씬 비쌌다. 그 말을 설명하기엔, 그들은 너무 짧은 시간 나의 방에 머물렀다. 같은 병을 앓는 환자 중에서도 인공항문이나 인공방광을 단 사람들이 장애인의 범주에 든 지는 얼마 되지 않았다. 법이 중증 장애라는 이름을 붙여준 이들은 장애연금을 탔지만, 나는 중증 장애가 아니라서 달에 7만 원씩인 장애 수당을 탔다. 사람은 7만 원이 없어서 죽을 수도 있는 존재지만, 7만 원이 있다고 살 수 있지는 않았다.

"들렀다 갈래?"

유진의 엄마는, 유진이가 없는 방에 또 나를 불렀다. 고개를 가로저으려다 나도 모르게 그를 따라 계단을 내려갔다. 그는, 잠기지 않은 문을 밀고 방에 들어서 곰팡이 핀 자리에 툭, 봉투를 던져놓았다. 그리고 냉장고를 열어 오렌지 주스 대신 보리차를 꺼내왔다.

"감사합니다."

"그거 아니?"

잔을 건네받았다.

"내가 딱, 너만 할 때 유진이를 가졌는데."

나는 물방울이 송골송골 맺힌 유리잔을 공연히 만지작거렸다. 이곳에 살지 않는다는 답 외에, 유진의 최근 소식에 대해 나는 아무것도 알지 못했다. 어쩌면 그걸 알게 될까 봐 두려웠다. 유진이의 상태가 나쁜 밤, 커튼 너머 훌쩍이는 그 아이 엄마 울음소리를 들었었다. 그때 내 마음엔 수많은 감정이 뒤엉켰다. 소중한 존재가 아픈 사람에 대한 본능적 연민, 그리고 누군가에게 끔찍이도 소중한 자식일 수 있는 아이에 대한 본능적 부러움. 그것을 인지한 순간 나는 내가 너무도 섬뜩했다. 어쨌거나 사랑은 어떤 병도 치료하지 못한다. 죽음을 막지 못한다. 그것을 아는 나이였다. 만약 유진이 이곳이 아니라 이 세상에 없다면, 어떤 표정을 지어야 할지 오늘도 알 수 없었다.

"유진이를 낳고서, 나는 그런 생각을 했어."

그가 다시 입을 열었다.

"인간이란 참 이기적인 존재구나."

나는 보리차를 꿀꺽, 삼켰다.

"티브이에 나오는 사람들은 그런데. 내 자식이 아픈데 어떻게 나 혼자 맛있는 걸 먹어요, 어떻게 나 혼자

웃어요, 하면서 천사 같은 얼굴로 환자복 입은 제 아이를 쓰다듬었어."

여자의 목소리는 물기 없이 건조했다.

"그런데, 나는 유진이가 아파도 짐을 챙기러 집에 가면 베란다에 숨겨둔 포도를 떼어 먹고, 유진이가 중환자실에 있을 때 면회를 가기 전까지 쇼프로그램을 봤어. 애가 호흡기를 달고 누워 있는데, 티브이를 보고 깔깔댔다고."

여자의 입술이 파르르, 떨렸다. 그는 나를 잠시 쳐다보다가, 곰팡이 핀 벽으로 시선을 돌렸다. 그 끝에 복숭아가 내팽개쳐져 있었다.

"그러지 않으면 무얼 해야 할지, 알 수가 없었어."

유진의 엄마는 일그러진 얼굴로 웃으며 계속 말했다.

"있지 희아야, 나는… 지금도 그렇다? 내 새끼가 죽고 세상에 없는데, 근데도 복숭아를 보면 손이 가. 우리 유진이는, 과일을 입에도 못 대다가 죽었는데."

여자의 턱을 타고 눈물 한 방울이 뚝, 떨어졌다. 충격으로 온몸이 뻣뻣이 굳는 것 같았다. 죽었구나, 유진이가. 유진이가, 정말로, 죽었구나. 이런 순간에, 이런 방식으로는 더더욱 알고 싶지 않던 소식이었다.

"희아야, 너는 내가 밉니?"

그때 그가 내게로 몸을 숙이며 간절히 물었다. 나는 흠칫 뒤로 물러났다.

"네가 먹지도 못하는 음식을 생각도 못 하고 내놓아서, 지 새끼도 아팠던 여자가 그것도 몰라서, 밉지 않아?"

눈동자가 흔들리고, 내 손은 갈 길을 잃고 다리 위를 맴돌았다. 무엇을 달래야 할진 몰라도, 무엇이든 위로해야 한다고 생각했다. 하지만 여자의 등 근처로 갈 뻔한 손은 끝내 거기 닿지 못하고 머뭇거렸다.

"희아야, 나는 네가 복숭아를 먹지 못한대도 행복했으면 좋겠다."

그 말이 귀에 들어왔을 때, 나는 여자의 등에 얹으려 뻗었던 손을 거두어 내게 가져왔다. 주먹을 꼭 쥐는데 이상하게 비참한 기분이 들었다.

"저한테는, 그런 말 해줄 엄마가 없어서요."

오랜 세월 내 안을 맴돌던 말을 결국 내뱉고는 더욱 그랬다. 뜻밖에 유진의 모친은, 동요 없이 물끄러미 나를 응시했다.

"그럼, 내가 해주면 안 될까."

그게 어떻게 같나요, 속으로만 속삭였다.

"할머니가, 네 생각을 참 많이 하셨어. 우리한테도 잘

해주셨고."

 장례식 없이 할머니를 떠나보낸 후 지긋지긋하게 들어온 말이었다.

 "할머니는 온 세상을 사랑했어도, 저랑 희지는 그만큼 사랑하지 않았을 거예요."

 "왜 그런 말을 하니."

 "나이가 들고, 딸 사위가 다 내팽개친 손녀들 키우기가 힘드셨을 거예요. 그러니까 이해해요. 자주 만나지도 않는 이모할머니가 올 때마다, 그 얘기를 하셨으니까요. 그런데요, 남들한텐 그렇게 우리 때문에 가난 때문에 힘들다고 얘기하고 다녔는데, 우리는 할머니가 어떤 사람인지를 몰라요. 우리를 키우지 않을 때 무슨 일이 있었는지, 엄마랑 아빠는 어떻게 사랑했고 어떻게 괴로워하다 우리를 버렸는지, 유일한 가족인 이모할머니가 했다는 독립운동이라는 게 뭐였는지."

 한번 쏟아져나오기 시작한 말은 멈출 줄을 몰랐다.

 "할머니가 이렇게 살았겠다, 이모할머니는 젊었을 때 이랬겠다, 짐작한 적이 딱 두 번 있어요. 언제인지 아세요? 학교에서 독립군에 대해 배울 때, 그리고⋯ 유진이한테서 이모할머니에 대해 들었을 때예요."

 점점 숨이 가빠왔다.

"할머니의 언니가, 이모할머니가, 고등학생인 우리보다 조금 나이가 많을 적에 독립군에 들어가 총쏘기를 연습했대요. 국경 넘어 만주까지 가서 다른 사람들이랑 먹고 자면서 독립운동을 했대요. 거기서 먹은 주먹밥이 아주 차가웠대요. 그때 할머니 부모님이 다 돌아가시고, 이모할머니는 고문 후유증으로 아파서 동생인 우리 할머니가 가장이 됐대요. 그걸 제가, 제 가족 입이 아니라 유진이한테서 들었어요. 할머니는 겨우 얼굴 익힌 지 며칠 된 아이한테, 저희한텐 평생을 안 한 얘기를 하셨어요."

"희아야."

"무슨 말씀을 해주시려고요? 이것 말고도 또, 제가 모르는 이야기가 있나요?"

어깨를 들썩이다가 간신히 숨을 고르려 애써보았지만 잘되지 않았다. 여자의 손이 내 어깨 근처를 맴돌았다. 아까의 나처럼.

"죄송해요. 괜한 말씀을 드렸어요."

유진의 엄마는 나를 보며 무슨 말을 하려는 듯 한참이나 입술을 달싹였다. 그러다, 나를 꼭 끌어안았다.

"희아야, 미안해."

"네?"

그는 대답 대신 나를 안은 팔에 힘을 더 주었다. 몸 깊숙한 어딘가가 떨려왔다. 나도 답할 말을 찾아서 내 온몸을 뒤졌다. 그때, 어디서 우웅 소리가 났다. 우웅, 우웅. 나는 유진의 모친에게서 떨어져, 발치에 벗어둔 외투 주머니를 내려보았다. 우웅, 우웅. 익숙한 진동 소리가 적막을 무겁게 깨뜨렸다. 바닥에 엎드려 옷 속에 손을 넣고 전화를 집어 들었다.

"한희아 씨 되시나요."

저장되지 않은 번호의 주인은 그렇게 말했다. 쿵. 마음 어디선가 그런 소리가 났다.

"여기, 병원입니다. 동생 되시는 분이 사고가 나서요."

전화가 손에서 떨어졌다. 억, 속에서 터져 나오는 비명을 지르며 바닥을 더듬거렸다. 손이 마구 떨렸다. 전화를 다시 주워 응급실이 있는 병원의 이름을 들었다. 희지한테 가야 해요, 중얼대며 정신없이 신발을 꿰어 신는데 유진의 엄마가 나를 따랐다.

응급수술을 해야 했다. 전공의는 무서운 말들이 쓰인 수술동의서를 내밀었다. 나는 희지가 수술 중이나 후에 잘못되어도 병원에 책임을 묻지 않겠다는 글 밑에 내 이름을 비뚤게 적었다. 희지는 근무하던 백화점

비상구 계단에서 굴러떨어졌다고 했다. 사측은, 업무와 무관한 개인행동을 하다 일어난 일이므로 백화점과 아무 관계가 없다고 했다. 그러니까 희지의 수술비와 재활치료비는 한 푼도 줄 수 없다고.

"애가 무슨 이유가 있으니까 계단을 내려갔겠지, 아무도 안 시켰는데 일하다 말고 제 맘대로 어딜 가요?"

"일단 흥분을 가라앉히시고요. 동생분 회복에 집중하셔야지, 한희지 씨 아직 의식도 못 찾으셨다면서 치료비가 문제입니까."

그러니까 문제였다. 희지는 대수술을 마치고 나와서도 간간이 눈을 떴다가 이내 다시 감았다. 나는 그 이유를 알아야 했는데, 사람들은 내게 동생이 저렇게 누워 있는데 어째서 이유를 따지고 드냐고 물었다. 질문 대신 답을 준 건, 유진의 엄마였다. 희지가 실려 오던 날 응급실에 함께 왔던 유진의 엄마는, 수술해야 한다는 말에 가격을 묻는 나 대신 의사에게 말했다. 얼마가 되든, 내겠습니다. 살려만 주세요. 희지가 수술 후 중환자실로 옮겨가고도 얼마가 지나서야, 뒤늦게 부끄러웠다. 죄스럽고 부끄러웠다. 무엇이 그러했냐면, 모든 것이 그러했다. 면회 시간 중환자실에 들어가 마주한 희지의 손을 잡고도, 돈은 천천히 갚으라는 유진 엄마의 문자 메시지를 받고도 아무 말을 할 수 없었다. 세상에는 미안하다는 말로 끝나지 않는 미안함이 있는 법이었다. 대신 날마다 희지가 일하던 백화점에 전화를 했다. 그리고 매일 유진의 집에 갔다. 유진이 없어도 거긴 유진의 집이었다.

병이란 것이 소화기관에 생긴다고 소화만 안 되는 것이면 얼마나 좋을까. 병세가 진행될수록 나는 툭하면 열이 오르고 몸이 늘 무거웠다. 진통제를 먹기 위해 약 봉투를 뜯는 일이 철문을 여는 일처럼 어렵게 느껴질 만큼. 그래서 돈을 버는 것도, 집안일조차도 희지가 대부분을 감당했다. 유진의 모친도 그 사실을 알았다. 하지만 반지하로 찾아간 내가 처음 유진의 사진이 담긴 액자를 닦고 유진의 책상을 치우기 시작했을 때, 그는 나를 말리지 않았다. 다만 잠깐의 청소 뒤 내가 주저앉아 숨을 고르면 그 옆에 나란히 앉아 물을 뿐이었다. 아프지 않냐고. 아프지만 괜찮아요, 말하면 그는 보리차를 따라줬다. 매일같이 나는 희지를 보러 가고, 회사에 전화해 악을 쓰고, 아래층에 내려가 유진의 사진을 닦고, 보리차를 나눠마시고, 공용화장실에서 장루 주머니를 비웠다.

"잘 싸우고 있어."

어느 날 보리차를 나눠마시다가, 유진의 엄마가 말했다. 나는 그 말이 썩 좋았다. 싸움은 원래 이길 때도 질 때도 있는 법이기 때문에, 이게 싸움이라면 가끔은 져도 될성싶었다.

"그런데, 너무 애쓰지는 마."

그렇게 말하며 그가 내 머리를 안아주었을 때, 나는 그를 꽉 끌어안고 울어버렸다. 울면서 계속 말했다.

"죄송해요, 죄송해요…."

"괜찮아."

뭐가, 하고 묻는 대신 그는 그렇게 답했다.

"있지, 사람 죽인 일이 아니라면 너무 미안해할 것도 없고, 모든 걸 너무 애쓸 것도 없어. 그게 얼마나 사람 진 빼놓는 일인데. 그러다 보면, 어느 순간 지치게 돼."

"어떻게 해야 할지 모르겠어요."

나는 몸을 떨고 흐느끼며 말했다.

"나도 몰라. 모르는 채로, 그냥 사는 거야."

여자가 내 뺨을 감싸 들었다.

"희아야."

"네?"

"네가 유진이라면, 나를 용서했을까?"

"무슨 말씀이세요."

"유진이를 그렇게 보낸 걸 난 후회해."

어머님 때문이 아닌 걸요, 말하려다 멈칫했다.

"괜찮아요."

겨우 그렇게 내뱉었다.

"저, 그런데 제가 뭐라고 불러드려야 할지 모르겠어요."

"아줌마라고 부르라니까."

"그러긴 싫어요."

"내 이름은, 정은희야."

나는 처음으로 정은희 씨의 얼굴을 쳐다보았다.

"이제 나를 은희라고 부를 거니?"

"이모라고 부를게요. 은희 이모."

은희는 살며시 입꼬리를 올리다가 그만두었다.

"희아야, 나는, 용서받고 싶지 않아."

이번에는 괜찮아요, 말할 수 없었다.

"지금 한 말은 잊어줘."

잠시 머뭇대다, 나는 은희 이모의 손을 한번 꼭 잡고서 일어섰다. 그리고 유진의 액자 앞에 섰다. 물걸레를 짜서 가만히, 어제 닦았는데도 또 먼지가 앉은 유리를 닦아냈다. 사진 속 유진은 볼이 통통했고, 유치원 졸업생들에게 씌워주는 가짜 학사모를 쓰고 있었다. 어쩌면 유진이 가장 건강했던 모습이었을 것이다. 벽에 걸린 액자를 닦고 검정고시를 준비하던 유진의 책이 가득 쌓인 책상으로 돌아서는데, 책상 위에 놓인 액자 하나가 팔꿈치에 툭 부딪혀 떨어졌다. 깜짝 놀라 주우려고 몸을 급하게 숙였다. 그때, 비닐이 터지며 윗옷 위로 배설물이 새어 나왔다. 얼굴이 달아오르더니 이내 눈시울이 뜨거워졌다. 아무리 조심을 해도 이런 순간은 종종 있었다. 마지막으로 복압이 높아져 장루 주머니가 터지고 변이 누출된 건, 이전 동네에서 가격이 싸다는 할인마트에 가기 위해 조금 먼 거리를 걸었던 때였다. 그리고 지금 또다시 내 몸에서 나왔으나 지독하게 나를 괴롭게 하는 물질 앞에서 나는 부끄러워할 틈조차 없었다. 바닥에 변이 뚝뚝 떨어지기 시작했기 때문이다. 휴지를 찾아 다급히 서랍을 열었다. 눈물이 날 것 같았지만 이 순간에 눈물은 어울리지 않았다. 그저, 살아 있다는 사실이 괴로웠다. 살아 있어서 장에 변이 차고, 살아 있어서 병이 생겨 아무 데서나 그것이 새고, 그런데도 살아 있어서 배가 고파 또 밥을 먹고 변을 만드는, 그것이 내가 가진 생명이라는 사실이 사무치게 서러웠다. 서랍 안은 편지로 가득했다. 정신없이 그 안을 뒤지는데, 원치 않게도 어떤 낱말과 문장들이 눈으로 달려들었다. 마지막, 미안해, 엄마밖에는 죽음을 부탁할 사람이. 낯선 글씨를 해석할 여력도 마음도 없이 휴지를 찾는데 옆으로 그림자가 다가왔다. 은희 이모, 유진의 엄마였다. 그는 말없이 내 발밑에 앉아 흐른 배설물을 닦았다.

"희아야, 괜찮아. 가봐야 하는 거면 빨리 가봐."
"이모."
"놀랐겠다."

내심 은희 이모가 내게 일어난 일을 모른 척해주길 바랐다. 그런데 이상하게도 은희 이모가 민망한 낯으로 눈을 돌리는 대신 바닥을 닦아주는 순간, 내가 살아 있다는 사실이 조금 덜 비참해졌다. 그래서 나도 휴지를 뜯어 옆에 앉으며 입을 열었다.

"괜찮아요."
"책상에 뭐가 많지?"
"저도 그런걸요."
"다 유진이 물건이야."

은희 이모도, 나도 아는 사실이 처음으로 소리가 되어 나왔다. 나는 휴지를 든 손으로 바닥을 문질렀다.

"서랍 안에 든 거 봤니?"
"읽어보진 않았어요."

일부러 읽진 않았지만 거기 쓰인 어떤 말들이 눈에

들어와 버렸노라고, 차마 말할 수 없었다.

"유진이가 나한테 썼던 편지들이야."

그 순간 전화벨이 울렸다.

"언니, 목말라."

희지의 의식이 명료히 돌아왔다는 연락을 받고 간 병원에서 처음 들은 말은 그랬다. 더듬더듬 희지의 머리를 쓰다듬었다. 얼굴도 희미한 엄마가 갓 태어난 희지를 안고 집에 오던 날의 먼 기억이 떠올랐다. 그때 나는 사람이 얼마나 부서지기 쉬운 존재인가 느꼈다. 어린 나보다도 더 작고 여린 아기는 차마 만지기도 조심스러웠다. 그래서 손을 덜덜 떨면서 손가락 끝만 간신히 쥐다가, 너무 사랑스러워서 머리를 가만히 쓸어보았다. 그때처럼 나는 덜덜 떨며 희지를 쓰다듬었다. 희지의 가슴에 뺨을 대보았다. 쿵, 쿵, 뛰는 소리가 들렸다.

"희지야, 희지야, 희지야."

처음 불러보는 이름처럼 희지를 불렀다. 희지가 쓰러진 날 이후로 한 번도 흘리지 않은 눈물이 또 마구 차올랐다.

"언니, 목이 너무 말라."

희지는 그렇게 속삭였다. 당연하게도 중환자실 안

희지의 침상에는 금식 표지가 걸려 있었다. 물 한 방울도 안 되나요. 분명히 환자들의 울음과 신음이 있었지만 숨이 멎을 듯 고요한 중환자실에서, 스크럽복을 입고 돌아다니는 간호사에게 물었다. 안 됩니다. 네 글자가 돌아왔다. 희지야, 미안해, 미안해. 거듭 말했다. 복도에서 만난 주치의는, 희지가 오래 버틸 확률은 아주 낮다고 말했다. 재활을 말할 단계도 아니고 우선 연명이 목표라고. 중환자실에 오래 머무는 일은 돈도 돈이거니와 환자에게도 힘든 일이라고 했다. 그러니 포기하고 일반병실이나 집으로 돌아가는 길도 있다고 말했다. 살아나더라도 큰 장애가 남을 것이라는 말을 덧붙이며. 모든 말이 아득하게 들려오는 것 같았다. 면회 시간을 기다렸다 마주한 희지에게 물었다. 희지야, 그런데 일하다가 어딜 그렇게 급하게 갔어. 탓하는 것처럼 들리지 않게 하려고 애를 썼다. 희지는 말했다. 언니, 화장실이 너무 급한데 가까운 고객용 화장실을 쓰면 또 시말서를 쓰거나 잘릴까 봐, 아래층에 있는 직원용 화장실에 가려고 뛰었어. 그 말을 하는 희지의 손을 잡는데, 눈이 질끈 감겼다. 까맣게 눈을 감고 이를 악물었다.

"언니."

이를 너무 꽉 문 탓에 답을 할 수 없었다.

"언니."

희지가 다시 나를 불렀다.

"나, 목이 너무 말라. 물, 아니 주스 같은 거, 그런 게 먹고 싶어. 달고 시원한 거…."

나는 간신히 눈을 뜨고 희지를 내려보았다. 호흡기를 달고 아기 때처럼 가쁘고 여리게 숨을 쉬는 희지의 하얀 뺨을.

잠을 자러 집으로 가면서 검색해보았다. 수없이 많은 기사를. 기사 속 보호자들은 심한 병에 걸린 가족을 간병하다 지쳐 살해했고, 본인의 죽음을 앞두고 걱정되어 살해했고, 부탁받아 살해했다. 또 다른 기사 속 보호자들은 의식도 없고 몸도 움직이지 못하는, 눈조차 깜빡이지 않는 가족을 수십 년째 부양하고 있었다. 그러다 한 기사 앞에 시선이 멈췄다.

'13년간 만성신부전증을 앓던 딸, 엄마는 촉탁살인을 택했다.'

나는 차마 그 기사를 클릭할 수 없었다. 스마트폰을 든 채 멍하니 창에 머리를 기댔다. 숨이 가빠왔다. 정류장에서 내려 집으로 걸어가는 동안 머릿속에선 수없이 희지가 죽었다. 일반병실로 갔다가 죽고, 호흡기를 달고 집으로 왔다가 죽고, 또 중환자실에 남아 물 한 모금 먹지 못하고 괴로워하다가 죽었다. 희지가 사는 상상도 해보았다. 의사의 말대로 기적적으로 위기를 넘기고 그 지난하다는 재활 과정을 시작한다면. 희지는, 얼마만큼 나아질 수 있을까? 척수에 문제가 생겼다는데, 스스로 움직일 수 있을까? 그러다 갑자기 두려웠다. 그 시간 동안 나는, 희지 옆에 있어줄 수 있을까. 거기서 무엇을 할 수 있을까. 그런 생각을 하면서 초여름을 향해가는 거리에서 덜덜 떨었다. 덜덜 떨면서 공용화장실에 들어갔다. 겨울에 이 화장실이 얼마나 추웠는지 떠올랐다. 희지는, 화장실에 갈 수 있게 될까. 그렇다면 언제 가능해질까. 병원에서 평생 살 수는 없는데, 내가 희지를 돌볼 수 있을까. 거듭 물으며 화장실을 나오는데, 속에서 무언가가 솟구쳤다. 시멘트로 어설프게 만들어놓은 공용화장실을 걷어차려다, 그냥 바닥에 발을 있는 힘껏 굴러버렸다. 다리가 부서질 것 같았다. 방에 들어가 외투를 입은 채로 현관 근처에 누웠다. 좁은 방에 내 몸이 가득 찼다. 그때 초인종이 울렸다. 못 들은 체 몸을 더 구부렸다. 초인종은 계속 울렸다. 문밖에 누가 와 있는지 알 수 있었다. 그가 빨리 단념하고 내려가길 바랐다. 그래야 마음껏 울 수 있을 것 같아서. 그런데 문밖의 은희 이모가 나를 부르는 소리가, 너무 선명히 들려왔다. 희아야. 누군가 그렇게 또박또박 세 글자를 발음해준 것이 얼마나 오랜만인지 문득 깨달았다. 그래서 응답할 수밖에 없었다. 문을 열자마자 쓰러지듯 그의 품에 안겼다.

"엄마."

나도 모르게 내뱉었다.

"엄마. 너무 무서워. 나 어떻게 하지? 엄마…."

괜찮아, 괜찮아. 나를 토닥이던 은희 이모는 방 안으로 들어서 나를 무릎에 눕혔다. 그리고 조용히 머리칼을 쓸어주었다. 나는 울면서 의사에게 들은 말들을 전했다. 오는 길에 기사를 검색했다는 말은 하지 않았다. 대신, 내가 수없이 그려본 미래들을 말했다. 묵묵히 듣던 그가 입을 열었다.

"희아야."

"……"

"너, 감옥에 가는 상상을 해본 일 있니?"

숨이 멎을 것 같았다.

"나는 그런 생각은 꿈에도 해본 일이 없었다. 그리고 유진이가 죽는다는 것도, 상상해본 적이 없어."

은희 이모의 가슴이 부풀었다 가라앉았다.

"애가 그렇게 아픈데, 웃기지? 나는 유진이가 그렇게 힘들어하는 걸 보면서도, 천년만년 끌어안고 살고 싶었어."

뚝, 내 머리 위로 차가운 물방울이 떨어졌다.

"그래서 유진이가 나한테 그만 쉬게 해달라고 말했을 때, 그게 무슨 말인가 한참을 생각해야 했어. 결국 나한테, 네가 본, 그 편지를 쓸 때까지."

은희 이모의 몸이 덜덜 떨렸다.

"희아야, 있지, 사람은 그렇게 서로를 몰라. 내 새끼인데도, 내가 늘 옆에서 돌봐주고 병원에 데리고 다니면서도, 나는 유진이가 얼마나 아팠는지 몰랐어. 아니 앞으로도 영영 모를 거야."

누구의 눈물인지 모를 것이 얼굴을 가득 적셨다.

"유진이를 붙들고 한참을 울었어. 유진이가 그러데. 괜찮아, 엄마. 괜찮아, 하고."

은희 이모가 소리 내어 흐느끼기 시작했다.

"괜찮긴 뭐가 괜찮아, 지가 뭘 알아. 나는 오늘도 그 애가 만지고 싶어 미치겠는데. 어른이 된 얼굴을 한 번만 보고 싶어서, 한 번만 안아보고 싶어서 매일 울다 잠드는데…."

입술 사이로 울음이 마구 비집고 나왔다.

"야, 너 너희 할머니가 살아서 나한테 뭐라 하셨는 줄 아니?"

갑자기 은희 이모는 할머니 이야기를 했다.

"그 오렌지라는 거, 애기 엄마는 먹어봤어? 그러시데. 정말로 귤보다 달고 맛나더냐고, 물으시데."

마음 어딘가 쿵 소리가 났다. 할머니도 오렌지를 먹어본 적이 없다는 건 생각해본 일이 없었다.

"그리고 또 뭐라 하신 줄 아니? 언니가 독립운동이란 걸 왜 했을까, 자주 원망했다고. 어디 이름 한 줄 올리지 못하고 남은 건 병이랑 가난뿐인데. 그러다 알겠더래. 너희들을 키우다 보니까, 뭐라고 말은 못 해도 알겠더래…."

은희 이모가 내 뺨에 얼굴을 묻었다.

"살아서 너한테 말씀하셨으면 얼마나 좋아. 근데 있지, 새끼 앞에선 말 못 하겠는 게 있더라."

일어나서 은희 이모를 있는 힘껏 끌어안았다. 사람은 부서지기 쉬운 존재야, 되뇌면서, 으스러지도록 팔에 힘을 주었다.

"의사가 그러고 판사가 그러데. 어떤 경우에도 생명은 존엄한 것이라 남의 손으로 앗아갈 수 없는 거라고.

그렇지만 자식이 아파하는 것을 보기 힘들었던 나의 심정을 이해한다고. 희아야, 사람들은 왜… 유진이가 죽고 나서야 그런 말을 한 걸까. 꼭 유진이가 죽기를 기다린 것처럼. 장애등급을 주니 마니로 씨름할 때, 지원금을 못 주겠대서 아픈 애 놔두고 돈을 빌리고 서류를 떼러 다닐 때, 유진이가 아파서 신음하고 나는 속으로만 울면서 밤을 새울 때, 그때는 뭐 하다가 나타나서 심판하고 이해하고 가르치는 걸까, 나한테? 생명은 존엄하다고. 나는 그래서 유진이를 보내줘야 했는데…."

괜찮다고 말할 수 없어서 그냥 은희 이모의 등을 쓸었다.

"그런데 제일 화가 났던 건, 병에 관한 기사에 대고 나는 저만큼 아프면 자살하겠다, 그렇게 인간의 존엄을 지키고 싶다, 는 사람들이었어. 희아야, 그러면 유진이는 죽고서야 존엄해진 거니? 어떤 몸은, 살아 있으면 존엄하지 않은 거니?"

은희 이모는 유진을 낳았다던 내 나이만큼의 표정을 짓고서 내게 일러바치듯 물었다.

"희아야. 나는 내 새끼도 다 몰랐던 사람이라, 너는 더 몰라. 그리고 사람들은 모르면서 너무 많은 말을 해. 그러면서 상처를 주고, 또 나만 상처받은 줄 알고, 그렇게 산다, 사람이…."

우리는 서로 눈물을 닦아주었다. 나는 바닥을 짚고 일어서 냉장고 앞으로 갔다. 이모의 허락을 받고, 그 안에서 오렌지 주스 옆 보리차를 꺼내 잔 두 개에 나눠 따랐다. 은희 이모와 나는 나란히 앉아 보리차를 마셨다. 그러다 그에게 물었다. 음료 칸에 있던 자그마한 오렌지 주스를 가져가도 되느냐고.

희지의 침상엔 금식 표시가 단단히 붙어 있었다. 코밑에 호흡기를 달고 언니, 나를 부르는 희지의 뺨을 만졌다. 희지는 힘겹게 눈을 깜빡였다. 주위를 한번 둘러보고, 바람막이 주머니에 넣어온 오렌지 주스 팩을 꺼냈다. 빨대를 끼우고, 희지의 입 근처에 갖다 댔다. 희지가 입술을 벌렸다. 내가 종이팩을 움켜쥐자, 주스 한 방울이 그 안으로 떨어졌다. 겨우 세 방울을 먹이고, 새든 말든 주머니에 주스를 집어넣었다. 죄를 지은 기분이었다. 물 한 방울도 안 된다는 아이에게 오렌지 주스를 먹였다. 옳은 일인지 알 수 없었다. 아무것도 모르겠다는 기분으로 고개를 젖혔다. 환한 형광등이 눈부셨다. 거기에 대고 물었다. 유진이는, 어른이 되는 대신 어디로 갔을까. 할머니는 말 한마디 안 남기고 어디로 갔을까. 그들이 간 곳이 같다면 포도도 복숭아도 오렌지도 가득한 곳이면 좋겠다고 생각했다. 희지의 손을 잡았다. 작고, 여리고, 따뜻했다. 이 손을 계속 잡고 싶었다. 포기할 수 없었다. 나뿐 아니라 네가 앞으로 포도도 오렌지도 먹지 못한대도. 속으로 물었다. 내가 너를 살린 것을, 용서할 수 있겠니? 내가 삶을 놓고 싶을 때마다 번번이 살게 했던 너를 힘이 닿는 한 살려둘 나를, 용서할 수 있겠니? 눈물이 한줄기 흘렀다. 희지가 엄지로 내 손등을 문지른다. 이번엔 눈을 감고 물었다. 오렌지를 먹었나요? 아니라도, 괜찮은가요. 누구를 향한 질문인지 다 모른 채로.

근처의 꿈

"꿈은 함부로 사는 게 아니야, 이것아!"

숟가락을 유리병에 갖다 꽂던 엄마가 소리를 꽥 질렀다. 말랑하게 출렁이는 딸기잼 방울이 테이블 위로 뚝뚝 흘렀다.

"아, 왜. 좋은 꿈이라잖아."

"팔 때는 다 좋은 꿈이라 그러지!"

"그럼 뭐, 안 좋은 꿈을 속여서 판다고? 그것도 당근마켓에?"

나는 양 손바닥을 마주치며 깔깔 웃었다.

"당근이고 나발이고, 나도 어릴 때부터 니 할머니한테 맨날 들은 소리가 그거여. 꿈이니 운이니 팔자니,

하여간 남의 거 함부로 줏어 오면 탈 난다고."

"팔자를 어떻게 사?"

"꿈도 파는데 팔자를 못 팔리?"

"아무튼, 주워 온 거 아니고 돈 주고 산 건데? 점 볼 때도 복채 내면 후환 없잖아."

"으이구, 미련퉁아. 얼른 가서 물러. 길몽이래도, 남의 꿈 사려다가 그놈 액운이랑 사연까지 딸려 온대니께?"

"하이고, 그렇게 무서운 사연 있는 사람이면 따순 방에 앉아서 스마트폰으로 화살 꿈이나 팔고 있겠어?"

"화살 꿈?"

"응. 그 사람이 꿈에서 화살을 떼로 맞고 죽었대. 원래 자기가 죽는 꿈은 길몽이라며? 근데 화살이 그렇게 많이 쏟아지는 건 더, 더 좋은 꿈이래."

"어메, 뭔 꿈이 그려! 찝찝혀!"

"찝찝할수록 좋은 꿈 아냐?"

"좋으나 마나, 그 꿈 판 놈은 그래 좋은 꿈이 필요가 없대?"

"그게 있잖아, 이 사람이 3년 전에도 똑같은 꿈을 꾼 적이 있대."

"근디."

"근데 그 사람도 그때 취준생 신분이었다는 거야. 다

음 날 가고 싶은 회사 최종 면접이 있어서 일찍 자리에 누웠는데, 밤새 꿈을 꿨대. 아주 높고 커다란 건물 옥상에 혼자 서 있는데, 어디서 까만 화살촉들이 빗발같이 쏟아지더래. 그런데 그때마다 아슬아슬하게 비껴 갔다는 거야. 화살이 휙, 휙 하고 머리 위로도 지나가고 어깨 옆으로도 스쳐 가고 다리 사이로도 그러는데 너무너무 무서웠대. 화살 끝이 빛을 받아서 번쩍거리는 게 꼭, 독을 바른 것 같았다나."

"무서라. 그런 꿈이 어찌 길몽이다냐."

"들어봐. 나중에는 이 사람이 너무 겁이 나서, 눈을 질끈 감고 바닥에 엎드려서 벌벌 떤 거야. 차라리 나를 쏴라, 하고. 그러다 어느 순간 사방이 고요하길래 고개를 딱, 들어보니 온 사방이 피투성이인데 화살은 멈췄고 아무리 더듬어봐도 몸에는 상처 하나 없이 결국 살아남았대."

"그래서 그게 길몽이라고?"

"아이, 그다음이 중요하지. 그 순간 이 사람이 딱, 눈을 떴는데 자기 방 침대 위인 거지. 면접을 보러 준비하는 중에도 꿈이 이상하게 계속 생생하더래. 그렇게 여운이 남아가지고 긴장을 바짝 한 채로 면접을 보는데, 와, 압박 질문이 막 들어오는데 희한하게 그때마다 정신을 딱 붙들고 따박따박 야무지게 대답을 했다는 거 아냐."

"그러고, 붙었대?"

"응. 결국 최종 합격했대. 근데 며칠 전에 똑같은 꿈을 또 꿨다는 거야. 자기는 이제 그런 행운이 필요 없어서, 다른 취준생들한테 넘겨주고 싶대."

"그거, 비싸게 샀냐?"

"으하하, 뭐 한 동네에서 비싸게 팔았겠어? 엄마 말대로 부정 탈까 봐 복채 개념으로 좀 낸 거지. 아무튼, 그거 샀으니까 나 상반기 공채 다 씹어먹을 거야."

"그려, 다 씹어먹어라."

"뭐야, 엄마 되게 웃긴다. 얘기 듣고 나더니 이제 안 말리네?"

"아, 몰라."

"뭘 몰라, 뭘 몰라!"

까르르, 웃으며 엄마의 팔뚝에 기댄 내 어깨가 딸기잼처럼 오래 출렁였다.

붙었다. 드디어 붙었다. 이제 나는 면접이 아닌 출근을 위해 일어나 씻고 옷을 입는다. 그래도 이름을 대면 어지간한 사람은 알 만한 식품 회사였다.

"어메 세상에, 잘 샀구먼, 잘 샀어!"

최종 합격 연락이 온 날, 나와 끌어안고 붕붕 뛰던 엄마가 반짝이는 눈으로 나를 보며 말했다.

"뭘?"

"아, 그 뭐시당가 꿈 말여!"

"꿈?"

"겨란인가 후라인가, 거기서 샀다 안 혔냐."

"계란? 엄마, 설마 당근에서 산 꿈 말하는 거야?"

"아, 그냐. 당근. 당근 상회."

"아우, 엄마는 붙었다는데 무슨 꿈 얘기부터 해. 엄마 딸이 실력 있어서 붙은 거지."

막상 엄마 입에서 그런 소리가 나오니 어쩐지 섭섭했다. 그래, 엄마는 애매한 대학 졸업장과 학점, 스펙을 가진 내가 그 정도 회사에 단번에 붙은 건 무속의 힘까지 빌려야만 가능한 일이라고 생각할지도 모른다. 그렇지만 다 마음 좀 편하자고 부적 사는 기분으로 재미 삼아 산 거지, 애초에 오지도 않을 복이 왔겠나. 회사에 나간 지 한 달이 되어갈 무렵, 나는 더더욱 확신하게 되었다. 그딴 꿈이 뭐 대단한 행운을 줬을 리가 없다는 걸. 일을 해보기 전에는, 마케팅 부서가 그렇게 돈 관련 스트레스를 많이 받는 직렬인지 몰랐다. 주에

한 번은 회식을 하는데, 꼭 막내인 내가 부장 옆에 앉아야 했다. 선배들의 맥주잔에 소주를 졸졸 따를 때면 뭐라 설명하기 어려운 감정이 속에서 솟구쳤다. 오늘도 다르지 않았다. 선배들을 하나하나 택시에 태워 배웅하고 나자, 언제나처럼 사수와 단둘이 아스팔트 위에 덩그러니 남았다.

"지영 씨."

"네."

"힘들지?"

"괜찮습니다."

"식품 쪽이 원래 다 좀 그래. 다들 구닥다리야. 솔직한 말로, 신입사원 연수 때부터 티 나지 않았어?"

선배는 피식, 웃으며 덧붙였다.

"티 났지? 그때 도망갔어야지. 마지막 기회인데."

나도 억지로 입꼬리를 올렸다.

"도망 못 갔으면, 그냥 버티는 거야. 그래도 요즘은 좀 나아진 거야. 몇 년 전만 해도 수당 다 떼어먹고 갑질 심해서 생산직 사람들 몇 개월씩 파업하고 난리였잖아. 나도 그때는 뉴스에서만 봤었는데, 입사하고 술자리에서 선배들이 그러데? 그때 윗선에서 파업한 직원들 한 명 한 명 주소지로 찾아가서 협박하고 성희롱

하고 난리 치다가, 그중에 하나 자살하고 나서 그나마 싹 바뀐 거라고."

멍하니 선배를 올려봤다. 무서운 이야기를, 점심 메뉴 고르듯 하고 있었다.

"힘내자."

내 어깨를 툭툭, 치는 선배의 귀밑으로 긴 머리칼이 가벼운 바람에 흔들렸다.

택시는 아파트 입구에 섰다. 이 시간에 집 앞까지 좀 가줄 만도 하건만, 택시 기사는 이 시간에 그만큼 걷는 것도 싫어서 여자가 술 먹고 집 앞까지 데려다달라고 하냐며 화를 냈다. 하도 호통을 쳐서 조금 떨리는 손으로 주머니 속 현금을 찾아 내밀고는 내렸다. 비틀대는 걸음을 옮겼다. 다리가, 죽을 만큼 아프고 무거웠다. 앉아서 하는 일인데도 퇴근길엔 늘 그랬다. 비척거리며 무서울 만큼 적막한 아파트 단지를 걷는데, 무언가 날카롭게 귀를 긁었다.

'사사삭.'

바로 뒤에서 들려오는 양, 크게 울리는 소리였다.

'사사삭, 사사삭.'

계속되는 소리에 우뚝, 자리에 멈춰 섰다. 그러자,

소리가 멈췄다. 등줄기가 서늘해졌다. 가슴이 쿵, 쿵 뛰었다.

'그러고 보니, 고양이들 다닐 시간이네.'

문득 그런 생각이 들었다. 웃음은 나지 않았지만, 다시 걷기 시작했다.

'사사삭. 사삭. 사삭.'

소리는, 더 빠르고 크게 들려왔다. 나도 몰래 한 손으로 입을 틀어막았다. 다리가 떨려서 멈칫, 걸음을 그쳤다. 소리가 멎었다. 뒤를 돌아볼까, 잠시 생각했다. 하지만… 그러기엔 소리가 너무 가까운 곳에 있었다. 집까지는 얼마 남지 않았다. 나는 울 듯한 얼굴로 걸음을 재촉했다.

'사삭. 삭. 삭.'

소리는, 아주 급하게 나를 뒤따라 왔다. 나는 겁에 질린 채 아파트 현관까지 달리기 시작했다.

'사사삭! 삭! 삭!'

미친 듯이 크고 급해진 소리에, 무거운 다리를 끌고 벌벌 떨며 뛰어 순식간에 공동현관 앞에 이르렀다. 카드키를 찍고, 다급히 건물로 들어섰다. 탁, 복도 천장 위 불빛이 켜졌다. 엘리베이터를 향해 천천히 걸어가다 말고, 그 자리에 멈춰 섰다.

'사사삭….'

천천히 고개를 돌렸다. 등 뒤에는, 아무것도 없었다. 승강기는 13층에 서 있었다.

'탁.'

버튼을 누르러 다가가자, 현관 쪽 등이 꺼졌다. 문득 서늘한 기운이 몸을 감쌌다. 탁. 꺼졌던 현관 등이, 다시 빛을 내뿜었다.

그날 이후, 알 수 없는 소리는 퇴근길마다 나를 뒤쫓아왔다. 대체 누구지. 누가 쫓아오는 게 아니면 그냥 신경 끄라는 친구도 있었고, 그런 촉은 틀리는 법이 없으니 조심하라는 친구도 있었다. 어떤 말도 도움은 되지 않았다. 어느 밤엔 꿈을 꿨다. 춥고 휑한 곳에 서 있었다. 바람이 거셌다. 나는 눈을 가늘게 뜨고 주위를 둘러보다가, 이내 그곳이 어딘지 알아차렸다. 회사 옥상이었다. 그 순간, 반들거리는 녹색 바닥 위로 무언가 날아와 꽂혔다. 화살, 화살이었다. 까맣고 긴 살 하나가 옥상 바닥에 꽂힌 채 휘청였다. 그 모습을 멍하니 바라보다가, 떨리는 고개를 하늘을 향해 들었다. 셀 수 없이 많은 화살이, 하늘 가득 까맣게 날아오고 있었다. 그것들은 아주 천천히 저 먼 하늘에서 이곳으로 내려오는 중이었다. 꿀꺽, 침을 삼켰다. 그때 누군가 내 귀에 속삭였다.

"같이 있자, 나랑."

고개를 돌리자마자 흠칫 놀랐다. 까만 화살이 온몸에 잔뜩 박힌 사람이 피를 뚝뚝 흘리며 서 있었다.

"나랑 같이 있자고."

피에 젖은 손이 내 손목을 움켜쥐었다. 허억, 비명을 지르며 뿌리쳤다.

"내가 화살도 다 맞아줬잖아, 여기 같이 있어."

문득 다시 하늘을 쳐다봤다. 슬로우모션처럼 느리게 떨어지던 화살은 어느새 옥상 가까이 다가오고 있었다. 그때 희뿌연 머릿속에 비상계단의 존재가 떠올랐다. 문이 있는 곳으로 달려갔다. 퍽, 나를 막아선 아까 그 사람의 어깨가 내 어깨와 부딪쳤다.

"아아악!"

뒤에서 비명이 들리거나 말거나, 출입문에 다가가 문고리를 돌리고 다급히 열어젖혔다. 계단에 첫발을 내딛음과 동시에 문을 닫는 순간, 문틈으로 길고 가느다란 옥상 풍경이 보였다. 화살이 빗발치듯 쏟아져 사람들의 몸에 박히고 있었다. 옥상 안은 어느새 사람들로, 화살에 맞는 사람들로 가득했다.

"허어억!"

비명을 지르며 깨어난 나는 이불을 꼭 쥐고 숨을 골랐다. 지독한 꿈이었다.

월요일이었다. 회의실 테이블 위에 과자 바구니를 세팅하며, 이 과자를 먹을 사람들을 생각했다. 문득 사수의 붉게 취한 얼굴이 떠올랐다.

— 한 명 한 명 주소지로 찾아가서 협박하고 성희롱하고 난리 치다가, 그중에 하나 자살하고 나서 그나마 싹 바뀐 거라고.

그때 파업한 생산직 직원들의 집에 찾아갔다는 사람 중, 이 방에 들어올 사람이 있을까. 종이컵에 든 커피를 마시며 회의를 하고, 결재를 하고, 술자리에서 막내 여직원을 옆에 앉혀 술을 따르게 시킬까. 표정 없이 그런 생각을 하고, 일을 하고, 퇴근길 버스에서 내려 집 대신 정형외과로 향했다. 역시나 다리가 묵직했다. 스타킹을 내린 다리에 젤을 바르며, 물리치료사가 말을 건넸다.

"오래 서서 일하시나 봐요?"

"아뇨. 그냥 사무직이에요."

"에고, 그런데 다리가 왜 그렇게 아프실까."

"……."

그렇게 말하며 그는 연신 코를 킁, 킁 거렸다.

"저, 환자분, 그런데요…."

내 다리에 전기치료 장치를 붙이면서 그는 무언가를 머뭇거렸다.

"혹시, 장례식장 다녀오셨어요?"

"네?"

짜증스레 미간을 찌푸렸다. 뜬금없이 무슨 소리람.

"향냄새가 나서요."

향냄새? 대답할 말이 없었다. 황당하기도, 기분이 나쁘기도 했다. 드륵, 물리치료사가 커튼을 닫고 나가자마자 나는 베개 옆에 놓아둔 핸드폰을 집어 들었다. 퇴근 후에 늘상 접속하는 인터넷 커뮤니티에 들어갔다. 화면을 죽 내리며 자유게시판 새 글들을 확인하는데, 눈에 띄는 제목이 있었다.

'얼마 전에 꿈을 팔았는데, 너무 찝찝해요.'

잠시 망설이다가, 글을 열어보았다.

'좋은 소리 못 들을 거 알고 써봐요. 제가 몇 년 전 신입 시절에, 회사에 큰일이 있었거든요. 같이 일하던 사람들은 거의 파업에 참여했는데, 저는 안 했어요. 파업이라는 게 그렇잖아요. 회사는 어떻게든 일선에 사람 남겨놓으려 하고, 노조는 빠짐없이 총파업하자고 난리고. 저는 당장 엄마 병원비도 제가 대던 때였어요. 그래서, 그럴 수가 없었어요. 그때 되게 친하던 동생이 있었어요. 그런데 파업한다고 회사에서 걔를 엄청 괴롭혔나 봐요. 도와달라고 자꾸 저한테 연락하는데, 직원들이 누구랑 연락하는지 위에서도 다 아니까. 나중에는 그냥, 안 받았어요. 그러다가요, 그 동생이… 어느 날 갑자기 세상을 떠났어요. 유서에 회사에서 당한 일이 가득했대요. 저는, 장례식도 못 갔어요. 못 가겠더라고요. 저 나쁜 거 알아요. 욕하셔도 돼요.

그런데요, 이상하게… 발인 이후로 매일 똑같은 꿈을 꾸는 거예요. 나쁜 꿈은 아닌데, 맨날 같은 꿈이에요. 지긋지긋할 만큼. 찾아보니까, 길몽이래요. 그런데 저한테는 길몽이 아니었어요. 그래서, 몇 달 전에 그 꿈을 친구한테 팔았어요. 6천 원에요. 분명히, 좋은 꿈은 좋은 꿈이니까요. 그런데 아주 만약에요. 그 친구한테도 좋은 꿈이 아니면 어쩌죠? 이제는 그게 마음에 걸려서, 잠이 안 와요.'

몇 번이고 반복해서 글을 읽었다. 숨이 막혀왔다. 뻣뻣이 굳은 엄지로 댓글 창을 눌렀다.

'무슨 얘기를 듣고 싶어서 이런 글을 써요? 평소에

이기적이란 말 많이 듣죠? 그 동생 불쌍하다. 죽고 나서까지 인터넷에 이런 글이나 쓰는 인간을 선배라고 따랐을 텐데.'

'님, 저는 별말 안 할게요. 장례식 안 가셨다고요? 그럼 이제 동생 귀신은 평생 님 뒤만 따라다닐 거예요. 절대 안 떨어지고요. 꿈을 팔았으면, 님 친구한테도요. 님 친구인 게 죄죠, 뭐.'

'그걸 또 6천 원에 팔았네. 에휴. 최저시급도 안 되는 거 벌어서 어디다 쓰려고 친구한테 찝찝한 꿈을 파냐. 그만큼 죄지은 게 있으니 꿈까지 찝찝하게 느껴진 거겠지. 헐값에 팔아버릴 만큼. 자기한테 유리하게 적어도 이런데, 현실은 어땠을까?'

홈버튼을 꾹 눌렀다. 까맣게 변한 액정 위로, 내 얼굴이 비쳤다. 표정을 알 수 없었다.

치료를 마치고 병원 밖을 나서는데, 봄인데도 한기가 들었다. 팔짱을 끼고 덜덜 떨며 거리를 걸었다. 다리가 아주 무겁고 아팠다.

'사사삭.'

소리를 무시하며 계속 걸었다. 아니, 무시하는 척하면서. 가게가 가득한 대로를 지나 골목에 접어들었다.

가로등만이 빛나는 어둡고 조용한 밤이었다. 무릎을 짚고 잠시 멈춰 섰다. 다리가 끊어질 듯했다. 그때, 귓가에 작은 소리가 들렸다.

"사사삭."

나는 그대로 굳어버렸다.

"사사삭."

여태까지 듣던 소리와 달랐다.

"사사삭."

내가 돌아볼 때까지 계속하겠다는 듯, 소리는 점점 커졌다. 나는 벌벌 떨며 고개를 돌렸다. 아무것도 보이지 않았다. 다시 고개를 돌리려다가, 문득 멈췄다. 무언가 시커먼 것이 시야 아래에 들어왔다. 천천히, 눈알을 밑으로 내렸다. 피에 젖어 너덜너덜한 소매 두 개가 내 다리를 꽉 잡고 있었다. 그 팔의 주인도, 부들부들 떨리는 고개를 천천히 들어 나를 올려다봤다. 그리고, 붉게 물든 얼굴로 씩 웃으며 말했다.

"사사삭."

속삭임이 끝나기도 전에, 나는 달리기 시작했다. 다리가 너무 아프고 무거워서, 빨리 달릴 수가 없었다.

"흐흑, 흑."

흐느끼는 내 뒤로, 그것이 따라왔다. 아스팔트 위에

그 몸뚱이가 끌릴 때마다 사사삭, 사사삭 소리가 났다. 거기에 목소리 하나가 끈질기게 얹어졌다.
"어디 가? 나 좀 봐. 나 여기 있잖아!"
숨이 차도록 달리다가 나는 문득, 내가 어느 골목에 서 있는지 잊었다는 것을 알아차렸다. 사사삭, 사사삭. 땅에서 나는지 사람의 입에서 나는지 모를 작은 마찰음만이 가득한, 낯설고 텅 빈 길에 내가 있었다.

불경한 슬픔

콰직. 생크림이 새하얗게 발린 케이크 옆구리가 찌그러졌다. 세현은 어정쩡하게 수그린 채 쭈그려 앉은 자세로, 자신의 손끝에서 뭉그러진 제누아즈를 멀거니 바라보았다. 성탄절 한정으로 붉은 딸기를 듬뿍 올린 케이크는 쇼케이스 유리창에 부딪혀 흉측하게 변해 있었다.

"세현 씨!"

한껏 짜증스러운 목소리가 등 뒤로 꽂혔다.

"아우, 세상에, 이젠 케이크까지 해먹네. 이거 3만 원짜리에요, 3만 원."

도영은 울 것 같은 얼굴로 다가와 세현을 홱 밀치고

는 뭉개진 케이크를 구해냈다. 그러고는 한숨을 푹 쉬며 케이크 받침을 들고 카운터로 향하다 말고 쓰레기통 앞에서 중얼거렸다.

"도대체 제대로 할 줄 아는 게 뭔지."

차가운 바닥에 엉덩방아를 찧은 채 멍하니 앉아 있던 세현은 그제야 부스스 몸을 일으켰다. 케이크를 진열하려 넣던 순간 쇼케이스 안을 가득 채우며 둥둥 떠오른 까만 점도, 세현의 시선을 따라 위로 올라왔다. 소용없는 것을 알면서도 눈앞에 손을 휘저을 때, 일어선 세현과 도영의 눈이 마주쳤다. 망가진 케이크를 들고 쓰레기통 근처에 45도 정도 기울여져 멈춰 있던 도영의 손이 멈칫했다.

"세현 씨, 이거 세현 씨가 가져갈래요? 어차피 세현 씨가 망가뜨린 거잖아."

시야를 가리는 검은 점 사이로 도영의 표정을 보려 애서 눈을 끔뻑거리며, 세현은 카운터로 다가가 케이크를 건네받았다.

일을 마치고 건물 밖으로 나서자, 겨울 오후임에도 햇볕이 따가웠다. 반사적으로 눈을 찌푸리다가, 세현은 이내 그럴 필요가 없다는 걸 알았다. 교회 외벽에 붙어 툭 튀어나온 베이커리의 직원 퇴근용 통로는 주차장 근처로 통했다. 거기를 가득 메운 사람들의 얼굴, 얼굴 위로 까만 점이 거대하게 떠 있었다.

"주일날 이게 뭐 하는 겁니까?!"

검은 세단 운전석 밖으로 고개를 내민 남자가 소리쳤다. 세현이 오후 근무를 마치고 나서는 일요일은, 주일 3시 예배가 끝나는 시간이기도 했다. 성도들은 그맘때면 주차장에 세워놓은 차를 빼 집으로 돌아갔다. 유족들은 일부러 그 시간, 그곳을 골라 농성했다. 기도를 마치고 가족 식사를 예약한 식당으로, 골프장으로, 가정으로 돌아가야 할 성도들과 어설픈 판넬을 껴안고 아스팔트에 주저앉은 유족들 사이엔 충돌이 잦았다. 지구대 순경들이 출동하기도, 젊은 전도사가 나와 손을 모으고 부탁하기도, 사무직원이나 경비가 달려와 얼굴을 붉히기도 했다. 유족들의 요구는 하나였다. 사망자들을 위한 추모 공간이 건립될 공간을 침범해 교회를 재건축하지 말아달라. 그들은 위령탑이 세워지기로 구청에 허가까지 받은 공터에 지금보다 더 큰 교회 건물과 주차장이 들어선다는 것을 받아들일 수 없어 했다. 교회 측에서도 할 말이 없는 것은 아니었다. 주일을 성수하기 위해 성전으로 모이는 신의 자녀들은 수가 자꾸 늘어가는데, 주차할 공간도 이들을 수용할 공간도 부족하다는 말이었다. 하나님을 위한 성전에는 어떠한 한계도 없어야 합니다, 성전을 높이고 넓히는 일 앞에서 우리는 어떤 핍박과 시험에도 굴하지 않고 주님만을 바라보아야 합니다. 성궤가 들어오는 날 옷이 벗겨지는 것도 상관하지 않은 채 기뻐 춤추던 이스라엘 왕, 다윗처럼요. 담임목사는 아득히 높은 단상 위에서 강대상을 내려치며 부르짖었다. 아멘. 커다란 예배당을 채운 성도들은 머리를 숙이며 그렇게 말했다. 그 속에서 세현은 눈을 끔뻑이며, 아멘이라고 말해야 할 타이밍은 대체 언제인지 눈치를 살폈다. 생계를 이어가는 아르바이트마저 한군데서 오래 하지 못하는 세현을 거둬준 건, 이 교회 권 장로였다. 나는 너에게 무엇도 바라지 않아, 다만 네가 하나님의 사랑을 느끼며 거룩한 자녀가 되기만을 바란다. 그 말과 함께 교회 부속 베이커리 겸 카페에 일자리를 마련해준 권 장로가 요구한 것은 하나였다. 일이 끝나면 저녁 예배든 심야 예배든 주일 예배를 적어도 한 달에 한 번은 참석할 것. 그래서 세현은 검은 점이 그나마 덜 보이는 날이면 무거운 몸으로 가게 뒷문을 밀고 나와, 주차장을 돌아서 교회 정문으로 들어갔다. 가게 앞문은 교회 본당 로비로 바로 통하는데, 굳이 그런 방식으로 교회에 들어가야 하는 까닭은 일한 지 몇 달이 됐어도 아직 찾아내지 못했다. 다만 어디에나 규칙은 있는 법이었고, 직원으로서의 세현과 성도로서의 세현은 다르다는 권 장로의 당부를 세현은 잊지 않았다. 일하던 중 아무리 급해도 크나큰 교회 안 층마다 있는 화장실을 이용하지 못하고, 근처 상가 화장실을 써야 하는 것처럼. 그 역시 근무 시간 동안 세현은 성도가 아니라 직원이었기 때문이다. 요의를 오래 참아 묵직하게 퍼져가는 복통을 견디며 세현은 자동차와 시위대 사이를 더듬더듬 헤쳐 나갔다. 그때, 무언가가 세현을 때렸다.

— 언니.

세현은 뒤돌아보지 않은 채 어깨를 움츠리고, 느릿하게 움직이며 클랙슨을 빵빵대는 고급 승용차와 붉게 핏발 선 눈으로 악을 쓰거나 침묵하는 유족들 틈을 걸었다.

— 언니. 언니.

목소리는 계속 묵직하게 날아와 세현의 등허리를 때렸다. 쿵, 쿵. 그때마다 세현은 온몸이 흔들릴 정도로 아팠다. 끈질기게 따라붙으며 거세게 내리치는 소리를 피해, 어지럽게 날아다니는 검은 점을 흩으려 눈을 깜빡이며, 화장실이 있을 상가를 향해 급하게 발걸음을 옮기던 세현은 마주쳤다. 복된 상가에서 불타 죽은 내 딸을 기억하라, 붉은 푯말에 턱을 괸 이의 새까만 눈동자를. 눈동자의 주인도 세현을 보았다. 둘은 잠시 멈춰 서로를 응시했다. 팻말을 든 손이 가늘게 떨렸다. 세현은 이내 다급히 그를 등지고, 몸을 더욱 웅크려 걸음을 서둘렀다. 이모부. 소리 내어 말하지 않은 채.

월요일은 오후부터 저녁까지 근무하는 날이었다. 세현은 아침 일찍 집을 나섰다. 권 장로의 호출이 있었기 때문이다. 툭, 방을 나서는 세현의 발치에 케이크 상자가 채였다. 어제 인파 틈에서 찌그러진 채로, 귀가하자마자 현관 앞에 둔 그대로였다. 현관 문고리를 잡다 말고 세현은 잠시 발밑을 내려다보았다. 일부분이 투명한 뚜껑 위로 하얗고 빨간 것이 뒤섞여 범벅된 케이크가 보였다. 역겹다. 세현은 그렇게 생각했다. 검은 점은 몽글몽글 작게 피어나려다 멈추었고 세현은 그대로 문을 밀었다. 찬 공기를 뚫고 후문이 있는 주차장으로 향하는데, 일요일만큼은 되지 않는 사람들이 모여 서 있는 것이 흐릿하게 보였다. 세현은 침을 한 번 삼켰다. 목울대가 얼얼했다. 그들과 눈을 마주치지 않으려 꼿꼿이 앞을 보고 뻣뻣한 몸짓으로 걸어가는데 덥석, 누군가 세현의 옷자락을 잡았다.

"세현아."

세현은 고개를 돌리지도, 손을 뿌리치지도 않은 채 가던 길을 가려 애썼다. 하지만 손의 주인은 코트 자락을 더 거세게 그러쥐었다.

"세현아! 이모부 좀 봐!"

그는 그렇게 울부짖었다. 뒤돌아보지 않고, 세현도 흐느끼듯 말했다.

"이러지 마세요…."

"너, 정말 여기서 일했구나."

"……."

갑자기, 외투 자락을 쥐었던 손으로 그가 세현의 몸을 흔들며 소리치기 시작했다.

"너, 너… 어떻게… 경혜는 네 동생도 아니니? 연끊고 나갔으면, 이젠 가족도 아니야? 너!"

다른 유족들이 얼싸안아 그를 진정시키는 사이 세현은 도망치듯 교회를 향해 달음질했다. 쿵, 쿵. 가슴 뛰는 소리가 들리고, 느닷없이 또 나타난 검은 점이 둥실, 하늘을 가득 채웠다. 세현은 점을 피해 몸을 굽히며 출입문에 손을 뻗었다. 급하게 문을 밀치고 건물로 들어서자, 난방 중인 대형 건물 특유의 따뜻한 공기와 환한 조명이 나타났다. 첼로 연주로 편곡한 복음성가가 은은히 흘러나오는 그 안에서, 세현은 조금 전의 일이 금세 다른 세상에서 겪은 일처럼 벙벙하게 느껴졌다. 8층으로 올라가며 세현은 숨을 깊게 들이쉬었다. 똑똑, 장로회실 문을 두드리자 들어오라는 허락이 떨어졌다. 얼기설기 놓인 파티션과 응접용 테이블, 소파가 있는 장로회실 안쪽 원로 장로실에서 머리가 벗겨진 노년의 남자가 느릿하게 걸어 나왔다.

"어, 세현이 왔구나."

권 장로는 빙글, 웃었다. 세현은 꾸벅 고개를 숙였다.

"들어와."

쿵쿵, 다시 가슴이 뛰었다. 세현은 장로의 뒤를 따라 원로 장로실로 들어갔다. 문이 닫히고, 세현은 신학서적과 각종 판본의 성경이 가득한 책장 앞에서 어깨를 움츠린 채 서 있었다.

"얼마 있음 네 생일이잖니."

옷걸이에 걸린 양복 주머니 안에서 주섬주섬 지갑을 꺼내며 권 장로가 말했다. 5만 원권 두 장이 나오고, 권 장로는 그것을 세현의 맨손에 쥐여주었다. 이어 그는 세현을 꽉 안았다. 그리고 세현의 엉덩이를 툭툭,

두드리다가 살며시 쥐었다. 세현은 숨이 가빠왔다. 아주 짧지만 세현에겐 길게 느껴지는 그 시간 동안, 세현은 권 장로의 어깨너머로 익숙한 검은 점이 떠오르는 것을 보았다. 아주 까맣고 큰 점이었다. 이제, 됐니? 이러면 되는 거니? 고통스러운 순간마다 세현은 점을 향해 그렇게 물었다. 물어도 물어도 답이 돌아올 수 없는 질문임을 알았다. 죄의 값이란, 고통 따위로 치러질 수 있는 것이 애초에 아니었다. 그러면서도 괴로울 때면 세현은 15년 전 그날 자신의 죄를 생각했다. 권 장로는 이내 세현의 어깨를 가볍게 두드리더니, 웃음기가 가신 얼굴로 말했다. 가봐, 이제. 그래서 세현은 나갔다. 그럴 수 있어, 별일 아니야. 세현은 내려가는 내내 주문처럼 되뇌었다. 부모 대신 친척 대신 어릴 적부터 돌봐준 어른이면 그럴 수 있는 거야. 내가 가족이 없어본 사람이라 이상하게 느끼는 걸 거야. 괴롭지만, 이건… 아무 일도 아니야. 문간방에 자신을 재워주던 시기, 밤마다 찾아오던 권 장로의 손 밑에서도 외우던 익숙한 주문이었다. 실제로 그러했다. 모든 일은 아무리 괴로워도, 아무 일도 아니었다. 세현이 아무리 고통스러워도, 하늘과 땅에선 아무 일도 일어나지 않았다.

"여러분, 그리스도인의 가장 멋진 점이 무언지 아십니까?"

세련된 넥타이를 맨 젊은 목사는 주먹으로 강대상을 치며 물었다.

"세상의 다른 종교들은 자기들이 모시는 신의 탄생일을 가장 크게 기념합니다. 그런데 우리는 어떤가요? 물론 우리도 곧 다가오는 성탄을 기념하지요. 그렇지만 예수님이 세상에 오신 이유는, 결국 십자가에 못 박혀 고통받고 그를 통해 우리 죄를 대신 짊어지고 인류를 구원하시기 위함입니다. 그래서 우리는 성탄의 기쁨 속에서도 그분의 고통을 생각합니다. 그리고 성탄절만큼이나, 아니 그보다 더! 고난주간과, 그 후에 찾아오는 부활절을 기념합니다. 세상에 이런 고통을, 죽음을 기념하는 종교가 어딨습니까?"

월요일에 드리는 예배는 일요일이랑은 좀 다른 모양이구나. 낯선 얼굴의 젊은 목사가 외치는 낯선 소리 앞에서 세현은 생각했다. 근무를 마친 세현이 저녁에서 밤으로 넘어가는 이 시간 예배당에 앉아 있는 까닭은, 오늘만큼은 월요예배에 참석해 본인이 준 10만 원의 십일조를 헌금하라는 권 장로의 문자 때문이었다.

"그리스도교는 본질적으로, 고통을 사랑하는 종교

입니다. 세상 사람들은 성탄절이면 캐럴을 부르고, 트리를 밝히고, 산타에 대한 소문을 아이들에게 들려주지요. 하지만 성도 여러분, 다시 말하건대 성탄이 무엇입니까?"

목사는 강대상 뒤에 커다랗게 걸린 십자가를 향해 팔을 뻗었다.

"저 끔찍한 형틀인 십자가를, 우리는 이 성스러운 성전에 어째서 걸어놓습니까?! 가장 높으신 주님이 사람의 형상을 하고 이 남루한 세상에 가장 비천하게 태어나신 의미를 기억하기 위해서지요. 그러므로 우리는! 오늘이 성탄절이든 부활절이든, 혹은 그 무엇도 아니든, 십자가에 못 박혀 돌아가신 예수님의 거룩한 고통을 기억하고 애통해하며 그 앞에 우리의 죄를 회개합니다."

설교하는 이의 목소리는 점점 높아져 가고, 그는 이내 성도들을 향해 양손을 들어 올렸다.

"성탄절을 앞둔 이 밤, 함께 기도합시다. 주여! 주님이 인간의 몸으로 십자가에 못 박혀 피 흘리실 때 저는 거기 없었습니다. 주님의 고통은 죄인인 저를 대신해 받으신 고통이었습니다. 그 앞에서 우리는 어떻게 살아야 합니까!"

목사의 목소리가 잦아들자, 조명이 어둑해지고 흐느끼는 성도들의 기도 소리가 예배당을 가득 채웠다. 세현도 무릎 위에 어정쩡하게 손을 모으고 고개를 푹 숙였다. 강대상 밑 성가대는 기도 소리의 배경처럼 낮게 찬송가를 불렀다.

"거기 너 있었는가…."

그들이 부르는 찬송에는, 그 말이 반복해 등장했다. 눈을 감지 않고 제 무릎에 코를 박고 있던 세현은, 문득 이상한 기분이 들었다. 고개를 들고 가만히 주위를 둘러보았다. 어두운 예배당 안에서, 사람들은 거대한 십자가 밑에 엎드려 가슴을 치며 울고 있었다. 세현은 갑자기 궁금해졌다. 내가 권 장로의 손 밑에서 두려워 떨 때, 이 사람들은 어디 있었지? 두려워도 도망갈 곳이 없을 때, 어디 있었지? 멀지 않은 상가가 전소해 학원에서 공부하던 학생 수십 명이 죽었을 때는? 세 살 난 내 동생이 죽어가고, 아무도 없는 빈집에서 일곱 살 내가 119를 기억해내지 못해 전화기 앞에서 울 때는? 왜, 우리의 고통은 누구도 기억해주지 않지. 누구도 미안해하지 않지. 다들 십자가를 향해 기도하고 있어서, 답해줄 사람은 없었다. 그래서 세현은 혼자 계속 생각했다. 어째서지. 왜 어떤 죽음과 고통은 기억될 수 없지. 십자가에 달렸다는 저 사람은 아주 옛날에 아주 먼 땅에서 괴로워하다 죽었고 나는, 주현이는, 경혜는… 지금 여기 이 자리에서 여전히 울부짖고 있는데. 예수님은 인간이 당할 수 있는 가장 극한 고통을 당하셨습니다, 목사의 조금 전 말이 떠올랐다. 그렇다면 불타 죽는 건 어떤가요. 예수님의 죽음은 사랑과 예언의 완성이며 그래서 우리에게 큰 의미가 있는 것입니다, 그렇다면 아이들의 죽음에는 어떤 의미가 없나요. 세현은 무릎 위에 모은 손을 떨며 끝없이 묻다가, 십자가를 향해 고개를 들었다. 불이 온통 꺼진 예배당 안에서, 강대상 위 십자가만이 은은한 조명을 받아 높이 빛나고 있었다. 그 순간 세현은 깨달았다. 저기에 달린 사람은 손바닥에 못이 박혀 죽어가면서도 담담히 운명을 받아들이고, 다른 이들을 걱정하고, 구원했다는데. 그리고 환한 얼굴로 다시 나타나서 남은 이들의 평안을 빌어줬다는데. 나는, 교회 밖의 저 사람들은 산 사람이라서 끝없이 울부짖고, 악쓰고, 드러눕고, 예배당을 시끄럽게 하는구나. 그래서 우리의 슬픔은, 하나도 거룩하지 않구나. 그런 결론에 이르렀을 때, 세현은 무릎에 얼굴을 묻고 엎드려 온몸을 들썩이며 울었다. 신을 부르며 회개하고 소망하고 우는 사람들이 가득

했기 때문에, 세현도 그중 하나로 보였다. 세현은 누구도 부르지 않으며, 처음으로 그렇게 한참을 울었다. 자신의 슬픔이 거룩하지 않은 것이 너무 슬퍼서. 얼마나 지났을까. 툭, 누군가 세현의 팔뚝을 쳤다. 울음이 가라앉지 않아 배를 들썩이며 세현은 간신히 고개를 돌렸다. 옆에 앉은 성도가, 건조한 눈으로 세현을 향해 헌금함을 건네고 있었다. 울어도 되는 시간이 끝나고, 헌금을 할 시간이었다. 세현은 주머니를 뒤져 나온 만 원짜리를 헌금함에 넣고, 그것을 다시 옆자리로 돌렸다. 그리고 눈물을 멈추려 애썼다. 옆 사람들의 표정을 흉내 내려 해봤지만 쉽지 않았다. 그래도 그래야 했다. 남들이 울지 않을 때 우는 것은, 이상해 보이니까. 그건 때로 죄마저 되니까. 권 장로에게 추행당할 때, 복된 상가 사망자 명단에서 이종사촌 경혜의 이름을 발견하고도 빈소에 가지 못했을 때, 세 살 주현이 죽은 이후 날마다 눈앞에 검은 점이 피어오르며 언니, 하고 부를 때처럼.

생일이었다. 세현은 쇼케이스에 케이크를 밀어 넣으며 자신의 시급보다 비싼 케이크를 부서뜨리지 않으려 애썼다. 하얗고 아름답고 단정하게 크림이 발린 케이크

위로 검은 점이 떠올라 시야를 가늠하기가 어려웠다. 문밖에선 유족들이 구호를 외치기 시작했다. 복된 상가에서 불타 죽은 내 자식을 기억하게 하라. 그 소리는 매장 내부까지 들려왔지만, 세현의 귀에는 더 크게 들리는 소리가 있었다. 언니, 언니. 눈앞에 검은 점이 떠다닐 때 목소리는 계속 세현을 불렀다. 언니, 언니.

"아우, 시끄러워."

테이블에 앉은 손님 하나가 말했다.

"저 복된 것들 또 시작이네."

마주 앉은 다른 손님이 응수하고, 둘은 깔깔대고 웃더니 커피를 마셨다. 쇼케이스 앞에 쭈그려 앉아 있던 세현은 가만히 일어나 뒤를 돌아보았다. 가게 통유리 너머로 유족들이 피켓을 쥐고, 또 떨어뜨리면서 악을 쓰는 모습이 멀리 보였다. 바깥엔 진눈깨비가 내리고 있었다. 유족들과 서로 밀치고 고함치며 싸우고 있는 운전기사들이 보였다. 그들은 그 와중에도 한쪽 팔에 든 장우산을 누군가의 머리 위에 씌우고 있었다. 시위대를 겨우 쳐낸 기사들은 우산 밑 사람들과 함께 주차한 차로 갔다. 우산을 쓴 사람들을 뒷좌석에 태우고, 우산을 든 사람들은 눈을 맞으며 각자 운전석 문을 열었다. 검은 세단들이 교회를 빠져나갔다. 세현은 그중 권 장로의 차도 있을 것이라 생각했다. 하지만 비슷비슷한 차들 틈에서 알아볼 수는 없었다. 세현이 오븐에서 나온 빵을 한 김 식혀 진열하는 동안, 바깥은 눈발이 점점 거세지고 있었다. 지붕 없는 곳에 주저앉아 울던 유족들의 등이 하얗게 변해갔다. 그리고 하나둘씩 일어나 눈을 비비며 주차장을 걸어 나갔다. 비와 눈이 찬 바람을 타고 그들을 적셨지만 누구도 뛰지 않았다. 텅 빈 쟁반을 들고 카운터로 돌아와, 세현은 가게 안과 가게 뒤편을 번갈아 바라보았다. 두 손님이 히터 바람을 피해 다른 테이블로 자리를 옮겼다. 누군가 적어둔 플레이리스트를 따라 재생시켜둔 찬송가가 가게 안에 울려 퍼지고, 등 뒤에선 계속 빵이 구워지고 있었다. 문밖에는 이제 몇 사람밖에 남지 않았다. 그중에 세현의 이모부도 있었다. 경혜 아버지였다. 이모부는 피켓이 눈에 젖지 않도록 품에 꼭 안은 채 멍하니 하늘을 올려보고 있었다. 그 순간, 까만 눈송이가 가게 안에 내렸다. 세현은 흠칫 놀라 몸을 움츠렸다. 일곱 살 그날 이후 15년간 매일 보았어도, 그것이 나타날 때마다 세현의 일상은 흔들렸다. 그리고 누구도 그것을 알지 못했다.

"언니…."

세현은 눈을 번쩍 뜨고 고개를 돌렸다. 이번엔 정말, 주현이 살아나 옆에서 부르는 것처럼 생생했다. 그런데 주현의 목소리가 아니었다. 세현은 머리를 가로저었다. 도영이 세현을 이상하게 쳐다보다 한숨을 내쉬는 동안, 검은 점은 사라질 생각 없이 점점 커졌다. 귀를 막고 가게 뒤를 흘겨보다 이내 웃음을 터뜨리는 손님들도, 방금 세현이 진열한 달콤한 페스츄리도, 빛나게 닦아놓은 가게 바닥도 모든 것이 검은 점에 뒤덮여 사라졌다. 마침내 검은 점이 카운터 앞까지 꽉 채우며 세현의 가슴을 압박했다. 숨이 멎을 것 같았다.

"세현 씨! 어디 가!"

세현은 도영의 날카로운 부름을 뒤로하고 가게 밖으로 달려 나갔다. 문을 밀어젖혔을 때, 차가운 눈송이가 세현의 이마와 어깨를 마구 때렸다. 그대로 달리려다 말고, 세현은 출입문 근처에 세워둔 우산을 집어 들었다. 그리고 축축하게 쌓인 눈을 밟으며 그에게로 갔다. 이모부는, 텅 빈 눈으로 피켓을 껴안고 서 있었다. 세현은 몇 발짝 앞에서 가쁜 숨을 몰아쉬었다. 하얀 입김이 나왔다. 이모부가 세현을 보더니, 이내 눈길을 돌렸다. 미끄러운 길 위에서 머뭇대다, 세현은 우산을 펴며 그의 옆으로 갔다. 제법 큰 우산은 두 사람의 머리 위로 쏟아지는 눈비를 어설프게 막아주었다. 잠시 그렇게 서 있는데, 세현의 손에 들린 우산대가 휘청했다. 이모부가 그것을 던져버린 것이다. 세현은 멍하니 그를 보다가, 눈밭에 패대기쳐진 우산을 주우러 엎드렸다. 다시 우산을 들고 그에게 다가갔을 때, 이모부는 아까보다 거세게 우산대를 뺏으려 움켜쥐었다. 세현도 힘을 주며 버티는 통에 발목까지 쌓인 눈 위에서 둘은 비틀거렸다.

"야 이 자식아, 여긴 왜 왔어?!"

"……."

"여태 모른 척하더니, 와서 뭐 하는 짓이냐고!"

"그래서 지금 왔잖아요! 눈 오니까! 눈 맞지 말라고!"

"눈? 너 같으면, 자식 잃고 눈 맞기 싫어서 우산을 쓸 것 같니? 네가… 자식 잃은 마음을 알아!"

몸싸움 끝에 둘은 눈밭에 주저앉았다. 이모부는 세현의 어깨를 쥐고 흔들었다.

"경혜가 네 동생이라도 그랬겠니? 한집에 산 세월이 얼만데, 너는 불이 나고 경혜가 죽어갈 때도 몰랐지? 그날 너는 뭘 했냐? 교회 다니는 사람들이 골목까지 차를 세워놔서 소방차가 못 들어오고 내 속이 타들어갈 때 너는… 너는… 밤이라고, 자고 있었니? 죽은 다음엔? 집 나간 지 몇 해가 됐어도, 소식은 다 들었을 거 아냐! 어떻게 코빼기도 안 비쳐!"

세현은 그의 손목을 꽉 쥐고 이를 악물었다. 세현의 손이 이모부의 것처럼 부르르 떨렸다.

"그러는 이모부는? 주현이가 이모부 딸이었어도, 일곱 살 난 나랑 세 살짜리를 덜렁 두고 병원에 갔겠어? 주현이도 경혜처럼 세 살이었어! 이모랑 이모부 둘이서 경혜 데리고 병원에 갔을 때, 병원 문턱도 못 밟고 내 앞에서 죽은 주현이도 세 살이었다고!"

"그럼 애 셋을 달고 병원엘 가? 우리가 뭘 더 어떻게 해야 됐니? 대신 네가 같이 있었잖아!"

"무슨 자격으로 나한테 그런 말을 해? 나는… 세 살은 포도 한 알이 목에 걸려도 죽을 수 있는 나이라는 것도 몰랐어! 나도 애였으니까!"

"그래서 집을 나갔니? 그래서 니 엄마 동생이, 경혜 엄마가, 널 키워준 네 이모가! 세상을 떠나도 장례식에 얼굴만 비추고 갔니?"

"이모부는? 중학생밖에 안 된 애가 집을 나가서 뭘 하고 어떻게 사는지, 들여다보기나 했어?"

둘은 서로의 옷깃을 움켜쥔 채 울부짖었다. 목이 쉬도록 울고 소리치는 그들의 위로, 하얗게 눈이 내려

앉았다. 주현은 15년 전 이맘때 죽었다. 엄마가 떠나고 이모의 집에 살던 시절, 세현이 다니던 유치원에선 달마다 떼를 지어 생일을 축하해주었다. 12월이 생일인 세현은 일회용 접시에 담긴 케이크 한 조각을 들고 선생님에게로 가 말했다. 집에 가져가고 싶어요. 은박지에 싸인 생크림 케이크를 유치원 가방 안에 뭉개며 이모네 집으로 갔고, 저녁때쯤 경혜가 열이 올랐다. 세현아, 주현이 잘 보고 있어. 뒤도 돌아보지 않고 그런 말을 남긴 채 이모와 이모부는 허둥지둥 병원으로 떠났다. 주현이 배가 고프다고 울어서 밥솥을 열어보니 아무것도 없었다. 그래서 유치원 가방을 뒤졌고, 케이크를 꺼냈고, 뭉그러진 생크림 속 포도알을 집어 주현의 입에 넣어주었다. 그래서 주현은 죽었다. 포도알이 목에 걸려서, 겨우 몇 분 만에. 세현은 오랜 시간 궁금했다. 왜 그 빵집은 생크림 케이크에 포도를 올렸을까, 나는 왜 일곱 살이었을까, 왜 아무것도 하지 못했을까. 왜 하필 그날 경혜는 열이 났을까. 그 물음 앞에서는 화들짝 놀라 죄인처럼 고개를 숙였다. 그게 지겨워서 열넷에 집을 나왔다.

"미안하다."

울다 지친 세현의 머리가 그의 어깨 위로 떨어졌을 때, 이모부는 읊조리듯 말했다.

"세현아."

이모부가 세현의 뺨을 잡고 들어 올렸다. 세현은 붉어진 눈으로 그의 충혈된 눈을 마주쳤다.

"너는, 너는… 내가, 벌을 받았다고 생각하니?"

세현은 그 말뜻을 생각하느라 잠시 멍해 있었다.

"너도, 우리 경혜가 죽은 게, 벌이라고 생각하니?"

이모부는 부르짖었다. 쿵. 세현의 가슴이 내려앉았다.

"자식을 잃는 벌이, 세상 어디에 있어요? 무슨 그런 끔찍한 말을 해! 누가 그래요? 그럼, 나는 무슨 죄를 지어서 주현이가 죽었지?"

세현은 말을 마친 입을 다물지 않고 통곡했다. 나는, 겨우 일곱 살이었는데. 주현이는 세 살이었고. 주현이가 살았다면 같은 나이였을 경혜처럼 학원에 갔을까, 생각하다가 세현은 문득 알아차렸다. 경혜가, 열여덟이 되었구나. 아니, 되었었구나. 나의 사촌 동생 경혜는 열여덟에 죽었구나. 그때 강한 불빛이 이쪽을 비추고, 커다란 경적이 들려왔다. 눈을 힘겹게 뜨고 고개를 돌리자, 헤드라이트 빛을 내뿜는 세단이 교회를 빠져나가다 말고 비스듬히 멈춰 선 게 보였다. 빵, 빵. 클랙슨

소리는 계속되고 서로의 어깨를 누른 채 세현과 이모부는 계속 그 자리에 있었다.

"거기! 좀 비켜요!"

운전석 밖으로 고개를 뺀 남자가 외치는데, 뜻밖에 뒷좌석 문이 벌컥 열렸다. 천천히 걸어 나온 사람은 불빛 속에서 뒷짐을 지고 세현을 내려다봤다. 빛에 눈이 익자, 권 장로의 얼굴이 드러났다.

다음 날도 세현은 교회로 향했다. 주차장에 다다르기 전부터, 경찰차와 버스 몇 대가 보였다. 고성이 오가고 몸싸움이 벌어지고 있었다. 경찰들이 유족들을 껴안아 끌고 있었고, 유족들은 끌려가지 않으려 주저앉은 채 악을 썼다.

"이러시면 안 됩니다."

경찰은 그렇게 말하며 점잖게 유족을 끌어냈다.

"뭘, 뭘, 뭐가 안 돼! 다 허가받고 한 건데 뭐가 안 돼!"

"사유지에서 이러시면 안 됩니다."

조금 떨어진 곳에 뒷짐을 지고 서 있는 사람들도 있었다. 유족 중 누군가 그쪽을 향해 간절하게 부르짖었다.

"얌전히 서 있기만 했잖아요! 흉물스럽지 않게 만들게요. 조그맣게, 멀리서 보면 위령탑인지 비석인지 모르게, 무덤 같지 않게 만들게요. 그러니까, 제발 좀…"

"어딜 귀신 앞에 절하는 형상을 만들어! 우상 숭배한 벌은 회개해도 소용없습니다!"

저쪽에서 누군가 준엄하게 외쳤다. 세현은 고개를 들어, 저 멀리 높이 솟은 교회를 보았다. 교회 외벽을 가득 채운 스테인드글라스 예수가 가만히 이곳을 내려보고 있었다. 세현은, 어제 자신이 울던 예배당 안 십자가는 저 거대한 벽 어디쯤 걸려 있을지 가늠해보았다.

"눈에 보이지 않는 영혼을 눈에 보이게 조각해 그 앞에 머리를 숙이는 행위! 그게 바로 우상숭배입니다!"

세현은 이번에는 목소리의 주인을 찾아 저쪽을 바라보았다. 멀리서는 알아낼 수 없었다. 예쁘게 다듬어지지 못한 절규와, 인간을 모독할 수 없어 신성모독이 되어버린 비통 속으로, 그래서 세현은 들어갔다. 이모부가 보이지 않아 대신 낯선 여성의 허리를 잡고 끌려가지 않도록 붙들었다. 지옥과 같은 풍경 속에서 아스팔트에 긁히고, 정중하게 걷어차이고, 욕설에 얻어맞으면서 뒹굴었다.

"세상에 화재로 죽은 사람이 한둘이야? 정치권까지 붙어서 법 만들어준다고 했으면 사람이 만족할 줄도 알아야지."

불경한 슬픔

교회에 주차한 차들 때문에, 소방법의 허점 때문에, 강사들의 태만 때문에 아이를 잃은 유족을 꾸짖는 목소리. 세현은, 그것이 권 장로의 목소리임을 알았다. 그 말을 한 것이 권 장로가 아니더라도 그것은 그의 목소리였다. 어제 하지 못한 답을 하고 싶었지만, 빙판이 언 길에서 버티는 일은 숨돌릴 틈을 주지 않았다. 그러다 세현은 달려오는 발소리를 들었다. 타닥타닥, 균일하게 이곳으로 찾아온 발소리는 이어 입을 열고 말하기 시작했는데, 확성기와 마이크를 통해 말한다는 점이 특이했다. 그들은 외쳤다. 유족들은 절대 포기하지 마시라고, 복된 상가의 죽음이 헛되게 끝나서는 안 된다고. 꼭 버티어내시라고. 이미 죽어라 버티고 있는데 무엇을 더 버티라는 것인지 알 수 없었다. 그때 세현은, 마이크를 통해 울리는 목소리에 어떤 들뜸이 묻어 있음을 느꼈다. 그 이유 역시 알 수 없었다. 그들은 마치, 무슨 일이 벌어지기를 기다린 사람들 같았다.

"야, 이 자식들아! 언론 인터뷰할 때 앞에 나서고, 특별법에 이름 올리고, 그럴 때만 나타나더니, 오늘도 기자들이 와서 왔냐!"

유족들 틈에서 성난 목소리가 나왔다. 마이크는 침묵했다. 아스팔트 위에 나뒹굴던 세현은 누군가의 발치에서 어떤 말을 들었다.

"원래 이런 일 하다 보면 별소리 다 들어. 약자라고, 다 선한 건 아니거든."

목소리의 주인들은 서로를 격려하고 토닥이고 있었다. 세현은 그들이 무엇을 위로하고 있는지 정말로, 정말로 알고 싶었다.

"아무튼, 여기서 망치면 안 되는데."

초조한 말소리가 들렸다. 그 순간, 세현의 온몸에 힘이 풀렸다. 세현은 내심, 시민단체인지 무엇인지 모를 그 사람들이 누군가를 잃는 마음을 알아서 이곳에 온 것이기를 기대했다. 그러나 그들이 사랑하는 것은 죽음에 대한 이미지였다. 결코, 죽음 그 자체가 아니었다. 세현은 생각했다. 전에도 그런 사랑을 목도한 일이 있다고. 그들은 우리의 슬픔과 고통을, 죽음을, 그림으로 그려 벽에 걸고 조각해 진열하고 감상했다. 그 일은 때로 선의로 이루어졌다. 그래서 전시품이 된 후에도 흘러나오는 절규는 경건한 전시장을 망쳤다. 하지만 이미 죽음을 맞은 이들에겐 망치고 싶지 않은 그림이 없어서, 세현은 계속 유족들과 함께 울부짖었다. 울부짖으며 경혜를, 경혜의 아버지를, 주현을, 그리고 어린 날의 세현 자신을 생각했다. 수술실에서 도로에서 바닷속에서 죽은 아이들의 이름으로 생겨난 법을 생각했다. 아버지에게, 낯선 이에게 강간당하고 추행당한 아이들의 이름이 만들어낸 법도 생각했다. 어떤 슬픔과 죽음에는 작은 위령비도 세워지지 않았고, 어떤 슬픔과 죽음의 이름은 조롱 어린 멸칭이 되어 세상을 떠돌았다. 누군가는 그러니 이름을 기록하지 말자 했다. 또 누군가는 잊히는 것을 받아들이라 했다. 그중 어디에도 죽은 이의 목소리는 없었다. 가슴이 만 갈래로 찢어지는 것 같았다. 그렇다면 우리는, 어떻게 해야만 사과받고 위로받을 수 있나요. 우리의 슬픔은 대체 어떻게 해야 불경하지 않을 수 있나요. 그런 길이, 있기는 한가요. 세현은 군데군데 빙판이 언 바닥을 손바닥으로 기며 물었다. 몸이 덜덜 떨렸다. 비틀대며 일어나 저 높은 교회를 향해 고개를 돌렸다. 그리고 마지막으로 물었다. 약함은, 아픔은, 죽음은 정말 끝내 죄일 수밖에 없나요.

파삭.

그 순간, 짧고 강렬한 파열음이 겨울 공기를 가르며 울려 퍼졌다. 저 하늘에서, 빛나고 날카로운 파편이 한가득 쏟아지고 있었다. 모여선 이름 모를 단체 사람들과 경찰들이 비명을 지르며 몸을 피했다. 그들이 흩어져 생긴 넓은 자리에, 유족들과 세현만이 멍하니 남아 있었다. 세현은 하얀 빙판과 까만 아스팔트 사이사이 수북이 쌓인 색색의 조각들을 보다가 머리를 들었다.

"세상에, 저게 깨졌나 봐!"

"뭔 일이래, 재건축한다더니 미리 깼나?"

"저게 얼마짜린데 일부러 깨!"

구경하던 사람들이 수군댔다. 오래도록 교회를 장식했던 유리로 그린 예수가 깨어진 자리, 민둥한 건물 구조물이 드러났다.

챙그랑.

사람들이 충격에서 벗어나기도 전, 연달아 굉음과 함께 고층 유리창을 뚫고 튀어나온 무언가가 하늘을 날았다.

"피해!"

누군가 외쳤지만, 순식간에 땅으로 떨어진 육중한 물체는 팔짱을 끼고 서 있던 교회 중책 중 하나의 머리를 바닥에 처박았다. 아까보다 큰 비명이 났다. 사람들이 119를 부르느라 전화기를 귀에 갖다 댔다. 여럿이 달라붙어 낑낑대며 사람보다 크고 무거운 나무 십자가를 치우자, 그 밑에 깔린 남자의 벗겨진 머리통에서 나온 피가 비로소 흘러내려 하얀 눈 위를 적셨다.

양복 입은 남자들이, 십자가에 깔려 쓰러진 늙은 남자의 두툼한 몸을 흔들었다.

"권 장로님!"

세현은 주차장 밖, 교회로 올라오는 좁은 도로를 내려다보았다. 이제, 저기에 불법 주차하는 차들은 없으니 구급차는 늦지 않게 도착할 것이다. 다행스러운 일이었다. 세현의 말에 동의하듯, 이 소란에도 근처 카페에서 크게 틀어놓은 노래가 들려왔다. 장로의 머리에서 붉은 피가 뚝뚝 떨어질 때, 길 건너에선 캐럴이 흘러나왔다. 그게 캐럴이든, 부활송이든, 생일 축하 노래든 세현에게는 모두 낯선 노래였다. 그래도 세현은, 낯선 가사를 따라서 어설프게 발음해보았다. 저 동방에 별 하나가 이상한 빛을 비추어… 목이 잠겨왔다. 그 순간, 도로 위로 검은 점이 둥실 떠올랐다. 언니, 언니… 어김없이 세현을 부르며.

"응. 주현아."

목이 멘 채, 한참 만에 세현은 답했다. 시리도록 부르고 싶었던 이름. 아주 오래 붙어 있던 입술을 뗀 것만 같았다. 손을 뻗자, 검은 점은 바람을 타고 어디론가 흘러갔다. 세현은 점을 따라갔다. 점이 멈추어 내려앉은 곳은 수많은 스테인드글라스 파편 중 하나가 떨어진 자리였다. 손이 벨까 두려워하지 않으며 세현은 그것을 집어 들었다. 햇빛에 빛난 그 유리 조각은, 세현이 출퇴근 길 보던 거대한 그림 속 한 부분이었다. 거기엔 예수의 손, 그리고 거기 안긴 아주 작은 양 한 마리가 있었다. 이 사람은 왜 양을 이렇게 들고 있었을까, 무겁게. 세현은 중얼댔다. 검은 점이 다시 움직이며 말했다. 언니, 언니. 따라간 점이 멈춘 자리에, 이모부가 서 있었다. 점에 가려 얼굴이 잘 보이지 않았지만.

"주현아, 주현아…."

아무리 손을 휘저어도 사라지지 않아서, 예전처럼 숨이 찼다. 그래서 세현은 먼 기억 속 동생의 이름을 자꾸 불러보았다. 그때 작은 점이 귀 옆에서 말했다. 언니, 세현 언니. 세현은 잠시 숨을 멈췄다. 눈앞이 부옇게 변했다. 주현의 목소리를 닮았고, 주현이 아닌 소리. 나를 부르던 소리. 세현은 작게 입을 열었다. 경혜야. 탄식 같은 말과 함께 뱉어낸 새하얀 입김이 살며시 점을 밀어냈다. 검은 점은 그러나 사라지지 않고, 눈송이처럼 비켜나 바람 속을 가벼이 떠다녔다. 세현은 검은 눈발을 스쳐 이모부에게로 걸어갔다.

"세현아."

이모부가 입을 뗐다.

"출근 안 하고, 왜 여기에 있니."

시말서를 쓰지 못해서 그냥 출근을 안 해버렸어요, 말하는 대신 세현은 어색하게 웃었다. 이모부는, 웃는지 우는지 모를 얼굴을 했다. 어젯밤, 차에서 내린 권 장로는 눈을 밟고 다가왔다. 그리고 세현의 귀에 대고 말했다. 내일, 시말서 쓸 준비 단단히 해. 시말서…. 세현은 거기에 무슨 죄를 뉘우쳐야 할지 알 수 없었다. 일하다 말고 누군가에게 우산을 씌워줘서? 함께 눈을 맞아서? 그 책임을 통감하는바, 다시는 그런 일이 없도록 하겠습니다? 세현의 눈빛을 읽은 권 장로가 다시 덧붙였다.

— 내가 사탄의 자식을 거뒀구나. 어린 너를 재우고 먹인 게 누구지? 일할 곳을 마련해준 게 누구지? 네가 미쳐 날뛸 때, 혈우병 앓는 여인처럼 추하게 피를 흘릴 때 치료받게 해준 건?

그는 말을 끝내더니, 세현의 턱을 움켜쥐었다.

— 사탄의 자식이 될 것인지, 빛의 자녀가 될 것인지 너 스스로 현명하게 선택해라.

그때 이모부가 일어나 그의 가슴을 밀쳤다.

— 누군데, 다 큰 애한테 맘대로 손을 대!

우산을 들고 따라 나온 운전석 남자가 권 장로를

일으키며 눈을 털어주는 사이, 권 장로는 세현과 이모부를 매섭게 노려보았다.

— 내일 보자고.

긴 자국을 남기며 차가 떠나고, 하얀 눈을 뒤집어쓰면서 세현은 내내 입속으로 중얼거렸다. 방금 전하지 못한 말을.

권 장로를 실은 구급차가 사이렌을 울리며 떠나가고, 세현은 그 뒷모습을 물끄러미 응시했다. 톡, 차가운 물체가 어깨에 닿더니 녹아내렸다. 다시 눈이 내리고 있었다. 까만 눈과 하얀 눈이 뒤섞인 세상에서, 세현은 이모부와 손을 잡지 못한 채 나란히 걸었다. 빙판 위에 연달아 눈이 쌓이는 통에 길이 꽤 미끄러워져 갔다. 그때 세현은 보았다. 까만 눈송이들이, 하얀 눈송이가 내려앉는 자리마다 뒤따라 내리며 얼음을 녹이는 것을. 거기 길이 나고 있었다. 넘어지지 않으려 땅을 보고 걷던 세현은, 고개를 들어 앞을 보았다. 그리고 마음으로 빌었다. 당신, 죽지 마. 어린 나를 먹이고 재우던 밤마다, 다리 사이 손을 넣고 휘저은 게 누군지 기억해. 그 기억 때문에 괴로워 정신과를 찾을 때, 당신이 나를 가둔 일터에서 화장실조차 가지 못해 방광염을 달고 살 때, 가야 할 정신과와 산부인과를 지정해준 게 누군지 기억해. 너를 대신한 죽음이 죄가 되게 만든 것이 누군지, 똑똑히 기억해. 당신의 손으로 입을 틀어막았던 내가 당신을 기억해서, 이제 모든 것을 말할 거야. 어느 것도 뉘우치지 않은 채로. 그러니 당신, 죽지 마. 내 말이 끝날 때까지. 다짐하며 슬며시 손을 옆으로 내밀 때, 외투 주머니 속 세현이 챙겨온 사금파리에선 아기 양 하나가 곤히 잠들었다.

실업급여 사냥꾼의
마지막 근무

"또 고졸이네."

낯선 눈동자가 서형을 향해 말했다.

"어 그래, 서형 씨."

부장이 앞에 세워둔 서형의 어깨에 손을 얹으며 턱으로 그를 가리켰다.

"오 사원이 사수니까, 많이 가르쳐줄 거야."

스무 살, 서형의 첫 출근 날이었다. 마지막으로 한마디 하라는 부장의 손짓에 열심히 하겠습니다, 꾸벅 허리를 굽히자 힘없는 박수갈채가 돌아왔다. 자리에 앉자마자 사수가 물었다.

"자기도 금방 그만둘 거야?"

"네?"

사수인 오 사원은 모니터에 고정했던 시선을 잠시 서형에게 돌려 한번 위아래로 훑곤 다시 거두며 한숨을 푹 내쉬었다.

"또 금방 그만둘 거냐고, 다른 특채들처럼."

"……."

"고졸이라고 자리 만들어줘 뽑으면 4개월 만에 그만두고, 지방대라고 특혜 주면 4개월 만에 그만두고, 대체 애인지 어른인지."

"에효, 요새 애들 다 그런다잖아. 이 회사 저 회사 메뚜기처럼 옮겨 다니면서 지겨우면 관두곤 실업급여 타 먹고, 돈 떨어지면 또 새 회사 입사해서 실업급여 사냥하고."

"사냥꾼들이야 아주, 실업급여 사냥꾼."

파티션 없는 사무실, 앞뒤에서 다른 직원들이 한마디씩을 거들었다. 서형은 그들이 도대체 무슨 말을 하는지 알 수 없었다. 세상에 4개월 일하고 제 발로 그만둔 사람이 실업급여를 타는 경우도 있단 말인가? 정식으로 회사에 다닌 건 처음이었지만 그러한 복지제도와 늘 가까운 삶이었기에 적어도 그런 제도는 없다는 것만은 알았다. 그런데 왠지 그 말을 듣는 서형은 뺨이 달아오르고 눈이 후끈해지는 것 같은 기분이 들었다. 이유는 알 수 없었다.

"저기요."

사수의 부름에 서형은 흠칫 놀라 고개를 들었다.

"눈치 보지 마요. 고졸이라고 왜 이렇게 눈치를 봐."

엄밀히 말하면 이게 첫 회사 생활은 아니었다. 서형이 이 회사에 온 것이 단지 고졸이어서만도 아니었다. 서형은 상고를 다니며 열심히 공부했고, 열심히 실습을 나갔으며, 열심히 이력서를 써 성인이 되자마자 무언그룹 화진물산 회계부에 입사했다. 회사에 다니며 서형은 자신이 맡은 자리에 온 신입이 매번 오래 버티지 못하고 나갔다는 사실을 알게 되었다. 사원들이 자주 그들을 화제에 올렸기 때문이다. 서형과 몇 살 차이 나지 않는 누구는 그것이 요즘 MZ 세대의 문제라고 했고, 또 누구는 고졸이라 삶의 무게를 다 몰라서라고 했다. 기존 인원들이 자신을 썩 반기지 않는다는 것을 선연히 느꼈지만 달리 할 수 있는 건 없었다. 미움받는 건 익숙했다. 그저 묵묵히 영수증에 풀칠을 하고 엑셀을 돌리고 장부를 꾸렸다. 아니, 묵묵히라는 말보다는 다른 표현이 더 어울릴지도 모르겠다. 회계 정보를 전

공하며 3년 내내 관련 공부를 했고 성적도 나쁘지 않았는데, 막상 회사에서 실무를 해나가는 일은 그리 쉽지가 않았다. 이상하게도 예결산은 항상 조금씩 어긋났고, 난감한 얼굴로 도움을 청하면 사수는 싸늘하게 답했다. 자기, 학교에서 사회생활은 안 배웠어? 장부든 보고서든 중요한 건 예쁘게 만드는 거야, 무슨 뜻인지 알아? 그렇게 낯선 발음과 눈빛 속에서 허둥대며 의심스러운 숫자를 다루는 서형을 가장 괴롭히는 건 뜻밖에도 따로 있었다. 끼기긱, 기기긱. 사무실에 앉아 자판을 두드리다 보면 어디서 그런 소리가 났다. 불쾌한 소음은 조용히 그러나 날카롭게 귓속을 파고들어 신경을 흩어놓았다. 저, 어디서, 이상한 소리가 나지 않아요? 묻고 싶어 달싹이던 입술은 매번 열리지 않고 말들을 꿀꺽 삼켰다. 이 회사에 서형의 말을 들어줄 동료는 없었다.

"벌써 4개월이네."

반쯤 열린 창으로 햇볕이 쏟아지던 오후, 사수가 말했다. 웬일로 부드러운 목소리였다.

"그만두지 마요, 서형 씨. 4개월 채우면 수습 딱지 떼고 월급도 원래대로 받잖아."

서형은 오 사원의 얼굴을 아주 잠깐 응시하다가, 네, 하고 작게 답했다. 그 순간 끼기직, 소리가 났다. 서형은 흠칫 놀라 뒤를 돌아보았다. 뒤통수 바로 뒤에서 나는 것처럼 커다란 소리. 입사한 지 4개월이 흐르는 동안, 신경을 거스르는 저 소리는 갈수록 커가기만 했다. 꼴깍, 침을 삼켰다. 서형은 조심스레 입을 열었다.

"저, 선배님 그런데요…."

어디서 이상한 소리가 나지 않아요? 넉 달간 참아온 말이었다.

"휴."

모처럼 너그럽던 오 사원의 낯이 찡그려졌다. 그는 가볍게 고개를 저으며 내뱉듯 답했다.

"도대체 왜들 그러는 건데?"

"네?"

"왜 신입이라고 뽑아놓기만 하면 그렇게들 소리에 민감하게 구냐고. 여기 학교 아니고 회사야, 회사. 수업 시간처럼 조용하지도 않고 맘에 안 든다고 손들고 말하는 곳도 아니라고. 다들 참고 일하고 있어. 이 건물이 몇 층이고 일하는 사람이 몇인데 절처럼 조용하겠어, 응?"

오 사원은 일그러진 얼굴로 허공에 팔을 뻗으며 말

했다. 그의 손가락 끝에 걸린 복사기 앞에선 위잉, 위잉, 소리에 맞춰 밝아졌다 어두워지는 얼굴로 이 대리가 서 있었다.

"제발 그냥 가만히 문제없이 일 좀 하자, 응? 매번 사람 뽑고 새로 들어온 애들 가르치는 건 쉬운 줄 알아?"

오 사원이 너무 괴로워해서, 꼭 서형이 아주 나쁜 짓을 한 것만 같았다. 서형은 조여드는 심장으로 답했다. 죄송해요, 선배님, 죄송해요. 니 아빠 잡아먹어 놓고 너는 왜 죽질 않아, 울부짖던 엄마 앞에서 그랬던 것처럼. 엄마가 준 요구르트를 먹고 토사곽란을 한 후 살아났을 때, 쥐약 통을 던지고 울며 엄마는 그랬다. 이렇게 사느니 같이 죽는 게 나은데, 네가 가질 않으면 나는 어쩌느냐고. 뭐라고 해야 할지 모르겠어서 멍하니 앉아 있다가, 엉금엉금 기어가 말했다. 미안해, 엄마, 미안해. 그렇게 말하지 않으면 엄마가 죽을 것 같았다. 조금 전까지 경련을 일으킨 온몸이 부서질 듯 아팠다. 그날의 엄마와 꼭 같은 얼굴을 한 오 사원을 본 서형은 더는 그 소리에 대해 말할 수 없었다. 다음 주 월요일, 사무실 벽에 생긴 금을 발견하기 전까진.

죽지 않을 운명을 타고났다고 했다. 여느 때처럼 트

럭을 몰고 출근한 아빠가 일주일째 돌아오지 않던 날, 엄마는 서형의 손목을 잡고 점집으로 향했다. 실종인지 가출인지 아직 알지도 못하잖아요, 좀 기다려보세요, 어차피 툭하면 싸우고 집 나갔다면서… 웅얼대는 순경 앞에서 달아오른 얼굴로 돌아서길 반복한 후였다.

"얘는 죽지 않을 운명이네."

남편의 행방을 묻는 여자 앞에서, 무당은 어린 서형의 얼굴을 빤히 보며 그렇게 말했다.

"예? 그게 무슨….'

"보통 애가 아니야. 주변 사람 다 죽어도, 얘만은 살겠어."

아빠로 추정되는 변사체가 시골 도랑에서 발견된 후, 그 말은 엄마의 입을 거쳐 '제 애비 잡아먹은 년'으로 변환되었다. 월세를 못 내거나, 빚쟁이가 집에 찾아오거나, 하여간 힘에 겨운 날이면 한에 사무쳐 자신을 노려보는 엄마 앞에서 서형은 무당의 그 말을 떠올렸다. 같은 시기 다른 회사로 실습을 나간 단짝 지영이 죽었을 때도 마찬가지였다. 실습을 나간 지 겨우 일주일, 지영은 회사 생활이 힘들다는 짧은 유서를 남기고 투신했고 그 아이가 마지막으로 향한 마포대교 밑을 수색해도 시신은 발견되지 않았다. 어린 실습생의 죽음으로 대대적인 보도가 나가기엔 다른 뉴스들이 어지러이 떠돌던 때였고, 무엇보다 지영은 보육원 출신에 우울증세로 무료 상담을 받아오던 아이였다. 비슷한 시기 해외여행을 간 의대생의 실종 사건이 전 국민적 관심을 받는 사이 지영의 죽음은 작은 단신으로 스쳐 지나갔다. 왜 그들은 죽고 나는 살았는가, 서형은 종종 속으로 물었다. 몇 년이 흐르는 사이 친구가 떠나간 어린 마음은 이상한 방식으로 아물어 실은 어딘가에 여전히 지영이 살아 있을 것만 같다가, 또 어느 순간엔 자신이 지영 대신 살아남은 것만 같았다. 실은 엄마가 쥐약을 먹이지 않았어도, 지영처럼 한강에서 몸을 던지지 않았어도 서형 역시 자주 어떤 충동을 느꼈다. 다만 그 죄책감과 괴로움 속에서도 생생히 살아 있는 제 손바닥을 들여다보면서 서형은 저주 같던 무당의 그 말을 생각했다. 그러니 두려울 것도 없었다. 사무실 벽에 발라놓은 하얀 시멘트에 선명한 금이 보이더라도 말이다. 그러나 막상 출근한 회사에서 검고 가는 균열을 발견했을 때, 그리고 그것이 조금씩 벌어지며 끼기긱, 소리가 나는 걸 들었을 때 차마 놀라지 않을 수 없었다.

"선배님, 선배님."

서형은 다급하게 다른 직원들을 불렀다. 노곤하게 돌아보는 그들에게 알리기 위해.

"우리 벽에, 금이 갔어요."

확실히 무시하기엔 선명한 모양이라서, 회계부 직원들은 동그랗게 모여 벽에 난 얕은 틈을 한 번씩 쓸어보았다.

"흠…."

"확실히 금이야, 그렇지?"

"어디다 말해야 하나."

"시설팀에 말해야지."

"번호 아는 사람?"

서형은 그들처럼 침착히 대화할 수 없었다. 바로 그 순간에도 벽에 난 균열은 끼기긱, 소리를 내며 벌어지고 있었기 때문이다.

"저, 선배님, 아무래도요, 이거 위험한 것 같아요."

"그래서 뭐?"

금이 커져가는 벽은 금세라도 무너질 듯 위태로워 보였다. 서형은 떨리는 목소리로 말했다.

"저희, 여기 있어도 괜찮을까요?"

크크크, 몇 사람이 웃었다.

"얘, 지금 뭐래?"

"벽에 요만큼 금 갔다고 퇴근하게?"

"그, 그치만 계속 저렇게 커져…."

"에휴, 수리 들어가면 한동안 시끄럽겠네."

직원들은 한마디씩 투덜대며 뒤돌아 흩어졌다. 서형은 혼자 남아 멍하니 벽을 바라보다가, 자리로 돌아가 마우스를 잡았다. 계산은 또 맞게 떨어지지 않았다.

벽의 금은 하루마다 더 커져갔다. 보수에 들어가겠다던 시설팀은 올라오지 않았다. 어느새 서형이 앉은 왼편 벽은 사막의 지표면처럼 얽히고설킨 사나운 금으로 뒤덮여 있었다. 수요일, 자판을 두드리다 말고 서형은 입을 벌린 채 벽을 바라봤다. 가슴이 쿵쾅거렸다. 목요일, 서형은 손톱을 물어뜯으며 다리를 떨었다. 시설팀에 전화를 해보았다. 보러 가겠다는 상냥한 답이 돌아왔다. 사무실은 여느 때처럼 고요하고 지루한 공기에 뒤덮여 있었다. 누구도 금이 가는 벽 따위는 신경 쓰지 않는 것처럼 보였다. 오직 서형만이 정말 내일도 출근해도 될까, 자문하곤 용기를 쥐어짜 회사가 위험하다고 선배들에게 읍소할 뿐이었다. 그리고 금요일이 왔다.

★

쿵.

사원들이 늘어진 눈꺼풀로 화면을 들여다보던 오후 3시, 건물이 한순간 진동과 굉음에 뒤흔들렸다. 후드득, 천장에선 자잘한 돌가루가 쏟아졌다. 모두 손가락을 멈추고 고개를 들어 위를 쳐다봤다. 한쪽 벽에서 시작된 균열이 천장을 타고 올라가, 그 사이로 먼지와 알 수 없는 조각들이 우수수 떨어지고 있었다.

"어머머, 저게 뭐야?"

그제야 사람들은 하나둘 일어나 입을 가리고 천장에 난 구멍을 바라보며 웅성댔다. 부장이 달려 나와 상황을 살폈고, 그사이 쿵, 쿵, 굉음은 몇 차례 더 반복됐다.

"예, 상무님. 다름이 아니라…."

몇 차례의 통화 후 4층 회계부를 포함한 여러 부서원들은 정시보다 조금 이른 4시에 퇴근을 하게 됐다. 명절을 앞둔 주말이었으니 나쁘지 않은 핑계였다. 만약 그러지 않았다면 회사가 내린 조치, 아니 아량은 장담할 수 없다는 걸 모두가 알았다. 누구도 공포 섞인 말을 입 밖으로 내뱉지 않았지만 시곗바늘이 찰칵

대며 돌아가는 사무실 안엔 전과는 다른 정적이 감돌았다. 4시가 됐다. 끼익, 드르륵. 미리 싸둔 가방을 들고 일제히 일어서는 사람들 틈에 서형도 구부정히 섞여 들었다. 그때, 오 사원이 서형을 돌아봤다.

"자기야."

"네?"

"자기 일 아직 안 끝났잖아."

툭, 그 순간 서형의 머리 위로 돌조각 하나가 내려앉았다.

"그, 저, 오늘은 다들…."

"조기 퇴근하는 사람들은 정규직이야. 자기는 아직 정직원 아니지?"

고개가 저절로 저어졌다. 서형은 입을 뻐끔거려보았지만 또 다른 상사가 재빨리 말을 보탰다.

"서형 씨, 걱정하지 마. 하루 사이에 별일이 있겠어?"

"이럴 때일수록 우리가 회사를 지켜야지."

"어, 서형 씨."

그때 양복 재킷을 어깨에 걸친 부장이 달려 나가다 말고 서형을 불렀다. 서형은 구원자를 마주한 사람처럼 부장을 올려다봤다.

"일 아직 안 끝나지 않았나? 연휴 끝나면 바로 외부

감사잖아. 오늘은 끝내야지."

서형은 계속 무어라 말해보려 했지만 심장이 조여와 한마디도 나오지 않았다. 사원들은 입을 달싹이는 서형의 어깨를 두드리고, 힐끗 보고, 혹은 눈길도 두지 않고 우르르 사무실을 빠져나갔다.

"그럼, 수고!"

마지막으로 나가는 대리가 머리 뒤로 손을 들며 외치고 나자, 텅 빈 사무실엔 서형만이 홀로 남았다.

서형은 벌벌 떨며 자판을 두드렸다. 일그러진 재무제표를 어떻게든 다듬는 일은 생각보다 오랜 시간을 요했다. 서형은 창밖으로 어둑해져가는 낮이 짧아진 거리의 풍경을 힐끗 내다봤다. 시간은 어느새 7시를 향해 가고 있었다. 불행 중 다행이라 해야 할지, 다른 직원들이 퇴근한 후 더 이상 건물이 흔들리거나 무언가 떨어지는 일은 없었다. 끼기긱, 끼긱. 넉 달간 신경을 곤두서게 하던 그 소리도. 회사에 입사한 후 매시간 함께하던 소음이 사라진 자리, 돌가루를 쓸어낸 넓은 사무실엔 낯선 적막이 가득했다. 처음 겪는 고요였다. 타닥, 타닥, 오직 자신이 두드리는 자판과 페이지가 넘어가는 서류 소리만 가득한 사무실에서 서형은 일을 서둘렀다.

"확인, 확인, 확인… 됐다."

시침이 정각으로 넘어가기 직전, 마침내 서형은 깊은숨을 내뱉었다. 이제 이곳을 나서면 될 터였다. 모든 정리를 마치고 가방에 물건을 쓸어 담았다. 그 순간,

쿠구구구구구….

엄청난 소리와 함께 사무실이 흔들리기 시작했다. 쿵, 쿵, 쩌저적. 벽이 허물어지고 천장 판넬이 하나씩 내려앉으며 파편들이 마구 쏟아졌다. 서형은 가방을 던지고, 비명을 내지를 틈도 없이 출구를 향해 달려갔다. 하지만 책상이 들썩이며 집기들이 튀어 오르는 사무실 바닥은 이미 파도처럼 출렁였고 뿌연 먼지와 기우뚱대는 바닥을 지나는 것은 한 걸음이 어려웠다.

"살려줘…."

서형은 바닥에 납작 엎드려 흐느끼며 출구를 향해 기어갔다. 그 순간에도 흙먼지는 끝없이 앞을 가렸다. 처음 걸음마를 익히던 때처럼, 눈물범벅이 된 얼굴로 바닥을 짚고 배를 끌며 서형은 나아갔다. 뿌연 시야에 유리문 밑 잠금장치가 들어왔다. 조금만 더 다가가면 손을 뻗을 거리에 출입문이 보였다. 서형은 덜덜 떨리는 팔을 힘겹게 들어 올렸다. 쿵. 바로 그때, 육중한 복사기가 튀어 오르며 넘어져 문을 가렸다.

"안 돼, 안 돼!"

서형은 울부짖으며 더듬더듬 기계에 손을 얹었다. 이를 악물고 밀어보아도, 몇백 킬로그램에 달할 복합기는 꿈쩍도 하지 않았다. 영화나 해외토픽에서 보던 것처럼 위기 상황에 발휘된다는 괴력 같은 건 나오지도 않았다. 얼굴의 실핏줄이 다 터질 정도로 힘을 쓰던 서형의 손목이 한순간 툭, 떨어졌다. 뒤돌아갈 길은 넘어진 테이블로, 나갈 문은 복합기로 막혀 있고 몸엔 힘이 하나도 없었다. 갑자기 사위가 고요했다. 차고 하얗게 질린 손바닥을 들여다보면서 서형은 직감했다. 이것이 폭풍 전의 무섭도록 맑고 짧은 평화라는 것을. 눈시울이 시큰했다. 가만히 있자니 울음이 날 것만 같았다. 주먹을 들어 흐르는 눈물을 막으려던 순간, 서형은 멈칫했다. 그러곤 눈앞에 손을 느리게 펴보았다. 툭, 툭. 손 위로 검고 찐득한 물질이 떨어지고 있었다. 문득 머리 위가 서늘했다. 천천히, 가늘게 떨리는 고개를 젖혔다.

끼긱, 끼기긱.

익숙한 소리가 새어 나오는 머리 위 가라앉고 솟아오른 천장 사이사이로, 어둡고 탁한 무언가가 질펀하게 흘러내리고 있었다. 마치 4층 천장과 옥상 사이 좁은 틈에 갇혀 있던 거대한 진흙 덩어리 같았다. 서형은 이제 하얗다 못해 파랗게 질려버린 손으로 더듬더듬 퇴로를 찾아 사방을 짚어보았다. 하지만 서늘한 기계들만 부딪칠 뿐이었다. 그때, 끈끈한 덩어리 사이로 무언가 푹 뚫고 나왔다. 하얗고 가늘고 푸석한 그것은, 사람의 팔이었다. 서형은 제 입을 틀어막았다. 점액질에 파묻힌 하얀 손목은 거꾸로 매달린 채 툭, 툭, 천장 여기저기를 짚었다. 그때마다 끈끈한 액체가 서형 위로 떨어졌다. 더듬더듬 천장 위를 오가던 손목은 방향을 서형 쪽으로 튼 순간 잠시 가만히 멈추었다. 서형을 빤히 응시하던 손은, 이내 꿈틀대며 서형을 향해 손바닥을 뻗어왔다.

쿵.

마침내 무게를 이기지 못하고 천장 한 구석이 완전히 무너져 내렸다. 끝을 알 수 없이 캄캄한 덩어리는 꿈틀꿈틀 테이블, 의자, 커피머신, 그리고 천장과 사방의 벽까지 덮치며 사무실 안을 채우던 것들을 모조리 빨아들여 삼키기 시작했다. 서형은 바다 위에 동동 뜬 뗏목처럼 거대한 복사기 위에 올라타 웅크렸다. 거기에서 눈앞의 풍경을 바라보던 그는 자신의 눈을 의심했다. 살아 움직이는 늪 같은 그 안에, 사람들이 있었다. 하얗고 여윈 얼굴에 안구가 툭, 툭 불거지고 가느다란 팔목과 다리엔 푸른 핏줄이 돋아난 그들은 끈끈한 괴물 안에서 발버둥 치다가, 입을 벌려 신음했다.

끼긱, 끼기긱.

젖살도 붉은 생기도 없는 뺨, 탄성을 잃고 부르튼 피부. 하지만 경련하는 눈꺼풀을 뜨고서 서형이 바라본 그들은 분명 앳된 나이였다. 스무 살 언저리나 됐을까. 작업복, 몸에 맞지 않는 세미 정장, 그리고 교복… 거대한 어둠에 집어삼켜진 그들은 끼긱, 끼긱, 작은 균열 같은 신음을 내며 어린 몸을 뒤틀었다.

"저리 가, 저리 가…."

서형은 자신과 꼭 닮은 표정을 한 그들의 유리알 같은 안구를 피해 고개를 내저었다. 하지만 파들파들 떨리는 눈꺼풀은 차마 감지 못했다. 그리고 그건 저쪽도 마찬가지였다.

서형은 문득 고개를 들어보았다. 저 위도, 발밑도, 사방 어디를 둘러보아도 온통 지독하고 검은 수렁이었다. 결국, 나는 이 회사에 잡아먹히는구나. 질기게 살아남은 내 끝이 여기구나. 포기한 뒤엔 어느새 복합기 근처까지 다가온 괴물의 늪에 몸을 맡길 차례였다. 그런데 아무리 마음을 움직여보아도 아무것도 체념이 되지 않았다. 분했다. 너무나도 분했다. 서형은 이를 깨물고 주먹을 꼭 쥐었다. 손톱이 손바닥을 파고들었다.

"흑."

그제야 울음이 터져 나왔다. 제 무릎에 얼굴을 묻고 서형은 태어나 처음으로 목 놓아 엉엉 울었다.

"씨발, 내가 어떻게 지금까지 살아왔는데…."

찐득한 눈물과 콧물이 무릎에 달라붙었다.

"죽으라고, 죽으라고, 사방에서 괴롭혀도 이 악물고 살았는데."

둑이 무너지듯 미뤄둔 설움과 분노가 쏟아졌다.

"씨발, 씨발 새끼… 나쁜 년."

다리를 뻗고 엉엉 울면서 서형은 밤마다 몰래 어린 자신의 이불 속에 들어오던 아빠, 그가 갑자기 죽어버려 영영 죄를 묻지 못하게 됐을 때 같이 죽자며 딸에게 먼저 쥐약을 건네던 엄마, 그리고 지영을 생각했다.

"어떻게 나한테 그럴 수가 있어, 응? 내가 어떻게 살아남았는데…."

지영이 죽고 나타난 친모는 장례 없이 딸을 화장하고 보육원에 보내둔 딸 앞으로 들어놓은 보험금을 챙겨 떠났다. 젖살이 빠지지 않은 얼굴로 처음 사회에 내던져지고, 함께 던져진 친구의 장례식에도 가보지 못한 서형은 엄마 몰래 이불 속에서 소리 죽여 울었다.

"나쁜 새끼들, 죽여버릴 걸, 내가 죽기 전에 죽여버릴 걸…."

입을 크게 벌리자 뱃속 깊은 곳에서 꺽꺽대는 울음이 올라왔다.

"지영아아…."

"응."

그 순간, 저 밑에서 누군가 답했다. 서형은 듣지 못한 채 계속 통곡했다.

"지영아, 지영아…."

"응, 응."

서형은 흠칫 고개를 들었다. 발개진 눈을 비빈 순간, 출렁이는 발밑 늪과 같은 괴물의 품에서 솟아 나온 팔 하나가, 바르르 떨며 서형을 향해 뻗어왔다. 서형은 겁에 질려 몸을 구석으로 잔뜩 구겨 넣었다. 마침내 서형의 바로 밑까지 손이 쫓아왔을 때, 서형은 흔들리는 눈으로 그 손을 한참이나 보다가 덜덜 떨리는 손을 품에서 꺼냈다. 그러곤 저도 모르게 팔을 뻗었다. 그리고 손톱마다 붉은 피가 배어든 그 손을 꼭 잡아버렸다.

"서형아."

저 바닥 밑 아주 깊은 곳에서 먹먹한 소리가 울려 나왔다. 4개월 전 이곳에 들어온 이후 처음 듣는 호칭이었다.

"흐, 흐흑, 윽…."

서형은 겁에 질려 흐느끼며 소리가 나는 곳으로 몸을 기울였다. 깍지 낀 두 손의 손가락 열 개가 깊숙이 얽혀들며 서로를 파고들었다. 서형은 저 검고 깊은 수렁의 표면으로 간간이 떠오르는 희끄무레한 무언가를 발견했다. 지영의 얼굴이었다. 지영을 알아본 순간 서형은 조금 전 복합기를 밀 때처럼, 엄마가 건넨 쥐약을 먹고서 바닥을 납작이 기어 살아나오던 때처럼, 수많은 밤 죽고 싶은 마음을 건져 올릴 때처럼 제 몸을 있는 힘껏 끌어당겼다. 촤아아, 엄청난 소리와 함께 끈덕지고 거대한 괴물 위로 작고 무른 여자아이의 몸이 떠오른다. 서형은 무릎을 꿇고 덜덜 떨며 그 애의 죽은 뺨을 더듬었다. 그리고 흐느꼈다.

"지영아, 너 왜 여깄어. 일 끝나면 같이 놀재놓고 왜 여깄어."

"서형아…."

옆으로 완전히 꺾여 배 옆에 붙어버린 얼굴 위 부르튼 지영의 입술이 달싹였다.

"나, 아주 오래전에 여기에 갇혔어. 여기 온 적이 없는데 여기에 갇혔어."

서형은 파랗게 질린 손으로 지영의 손을 잡고 다른 손 하나로 지영의 뺨을 만졌다. 손이 아주 차가웠지만, 지영의 몸 역시 마찬가지니 상관없었다. 둘의 피부는 맞닿을 때마다 점점 더 파래졌다. 손이 너무 시려서, 서형은 이를 꼭 물었다. 그리고 부서지고 뒤틀려버린 지영의 품에, 자신의 푸른 몸을 던졌다. 그러자 물보라가 일어났다. 작고 마르고 푸른 몸이 푸른 몸을 안던 바로 그 순간. 옥상과 천장 사이 좁은 틈에 갇혀있다 꼭대기를 타고 내려와 무언그룹 4층을 잡아 삼켰던 검은 늪은, 회오리치며 한줄기 거대한 물기둥으로 치솟아 부서진 어린 몸들을 뱉어내곤 건물 밖으로 터져 나갔다. 크지도 작지도 않은 물류회사 안 납작한 공간에 있었다곤 믿기 어려운 양의 검은 액체가 거리로 끝없이 쏟아져 내렸다. 오랜 먹잇감을 드디어 내뱉은 괴물은 빠르게 바깥세상을 덮어가기 시작했다. 껍질이 벗겨지면 안과 밖이 뒤집힌다. 죽은 자들과 서형만이 올라탄 텅 빈 건물이 고요히 젖은 몸을 말리는 사이, 서형의 작은 사무실 바깥으론 도시가 끝 모를 늪에 한없이 잠기고 있었다.

들어가도 돼?

오늘은 용기를 내서 새 놀이터에 가보기로 했다. 나는 원래 놀이터를 별로 안 좋아한다. 어떻게 해야 다른 애들처럼 놀 수 있는지 모르겠다. 나랑 친해지고 싶어 하는 아이는 없다. 학교에 가면 친구가 생길지 모른다고 생각했는데, 우리 반 애들은 내가 웃지도 않고 말도 없다고 자기들 노는 데 끼워주지 않는다. 걔네는 다 아파트에 산다. 우리 동네를 내려가서 아파트 앞에 가면 놀이터가 있다. 거기는 바닥에서 분수처럼 물도 나와서 여름에는 워터파크가 되고, 커다랗고 꼬불꼬불한 미끄럼틀이랑 부드러운 끈이 달린 그네랑 흔들다리도 있다. 거기서 어린애들은 엄마 아빠랑 놀고, 나만 한 애들은 친구랑 논다. 그러다가 엄마가 부르면 손을 잡고 아파트로 들어간다. 옛날에는 나도 가끔 거기에 갔다. 다른 거는 별로여도 그네는 좀 타고 싶었기 때문이다. 그런데 내 차례가 돼서 그네에 앉았더니 놀이터에 있던 애들이 나더러 새치기라고 소리를 쳤다. 나도 줄을 서 있었다고 말했지만 아무도 듣지 않았다. 애들이 막 소리를 지르니까 경비 아저씨가 왔다. 아저씨는 나한테, 너도 여기에 사는 애냐고 물었다. 나는 무서워서 놀이터에서 도망쳤다. 그리고 다시는 가지 않았다.

우리 동네 그린슈퍼 뒷골목으로 들어가면, 오래된 나무가 수북한 길이 있다. 그리고 거기엔 녹슨 울타리가 낮게 쳐진 놀이터가 있다. 지금보다 더 어릴 때는 그쪽으로 가본 일이 없어서 몰랐는데, 얼마 전에 알게 됐다. 그 놀이터는 아파트 놀이터랑 다르게 모래가 깔려 있고 쇠줄이 달린 그네랑 시소 두 대, 미끄럼틀 하나, 이렇게가 끝이다. 다른 건 없다. 그리고 거기는 애들도 하나도 없다. 내가 며칠 동안 몰래 들여다봤는데, 대신 어른들이 가끔 시소나 그네에 앉아서 소주를 마시고 이상한 얼굴을 하고 있다. 그래서 나는 그 놀이터가 조금 무서웠다. 그렇지만 이건 우리 동네 놀이터니까 아파트 놀이터처럼 쫓겨날 일도 없고 잘 노는 아이들 사이에 어색하게 있을 필요도 없다.

그래서 나는 이렇게 용기를 내기로 한 것이다. 어차피 집에 혼자 있으면 배만 고프고 할 일도 없다. 저녁이라 그런지 조금 추웠다. 그치만 그네를 타면 나아질 거야. 나는 씩씩하게 그린슈퍼를 지나고, 나무들 사이를 헤쳐 울타리 안으로 들어갔다. 모래를 밟으니까, 슬리퍼 속 발가락 사이사이가 까끌거렸다. 흠! 나는 목을 한 번 가다듬고는 놀이터를 둘러봤다. 나 말고는 아무도 없다. 잠시 어깨가 움츠러들었지만, 그네를 보니까 신이 나서 발이 따가운 것도 잊고 달려갔다. 아무한테도 야단 안 맞고 그네를 탈 수 있다니!

이 놀이터 그네는 꼭 목도리처럼 출렁거린다. 거기 앉아 발을 구르니, 삐걱삐걱 소리가 나며 움직이기 시작했다. 쇠로 된 줄은 차갑고, 거기서도 삐걱 소리가 났다. 흠흠흠, 나도 모르게 콧노래가 나왔다. 그때였다.

"흠흠흠."

어디서, 누가 나처럼 콧노래를 불렀다. 나는 깜짝 놀라서 두리번거렸다. 앞에도, 뒤에도, 옆에도 아무도 없다. 그런데 소리는 아주 가까이서 들려왔다.

"흠 흠 흠."

나는 그네를 구르던 발을 멈췄다. 설마. 고개를 천천히 젖혔다.

"으악!"

그네가 매달린 철봉 위에, 웬 여자애 하나가 쭈그리고 앉아 나를 내려다보고 있었다. 나랑 눈이 마주치자, 그 애는 싱긋 웃었다.

"안녕."

뭐라고 인사해야 하지, 고민하는데 그 애가 먼저 말했다.

"너, 혼자야?"

나는 고개만 끄덕였다. 그러자 걔는 폴짝, 철봉에서 뛰어내렸다.

"그럼 우리, 같이 놀자."

"그래!"

나는 누구랑 같이 노는 게 무섭기도 했지만, 또 괜히 설레기도 했다. 그 애는 뒤에서 내 그네를 밀어줬다. 같이 타니까 더 재미있었다.

"나는 너 같은 애들이 좋아. 네가 올 때까지 얼마나 기다린 줄 알아?"

그 애가 그네를 밀며 말했다.

"나도야. 나는 맨날맨날 혼자서 심심했거든."

내가 답했다. 그러다 궁금해졌다.

"그런데, 너도 여기 살아?"

"응. 나는 여기 살지."

"너도, 아파트 놀이터에 가면 쫓겨나?"

"안 가봐서 모르겠어."

"있잖아, 거기는 놀이기구가 되게 되게 많다? 여름에는 막 물도 나와서 수영장도 돼. 그런데 거기 있는 애들은, 좀 무서워. 자기들끼리만 재밌거든."

그네가 갑자기 멈췄다. 고개를 돌리니, 그 애가 그넷줄을 꼭 잡고 가만 서 있었다. 나는 그만 깜짝 놀랐다. 그 애 머리에서 물이 뚝뚝 떨어졌기 때문이다.

"갑자기 머리가 왜 젖었어?"

"나는, 수영장에서 죽어서 그래."

"죽었다고?"

"응."

"왜?"

"나는 우리 교회 왕따였거든. 교회 수련회를 갔는데, 언니들이 내가 물 무서워하는 게 얄밉다고 수영장에 던져버렸어. 숨이 막혀서 어푸어푸, 하고 소리도 질렀는데 죽을 때까지 선생님들이 아무도 안 왔어."

"되게 무서웠겠다."

"응. 엄청."

"언제 그랬어?"

"아주 아주 옛날에. 네가 태어나기도 전에."

"그랬구나."

"그런데, 우리 엄마는 내가 왜 죽었는지 별로 안 궁금했나 봐. 보상금을 받고 더 안 물어보기로 했다고 새아빠랑 얘기했어."

"보상금이 뭐야?"

"나도 몰라."

그 애가 무슨 말을 하는지 다는 모르겠는데, 물에 젖어서 몹시 추워 보였다. 옷을 벗어주고 싶었지만 나도 반팔티 차림이었다. 그래서 나는 그냥 걔를 꼭 안아주었다.

"우리, 친구야?"

몸을 덜덜 떨면서 그 애가 물었다.

"나는 친구가 없어서 잘 몰라."

내가 답했다. 그러자 그 애가 말했다.

"나는 유리야. 너는 이름이 뭐야?"

"나는, 지호."

"좋아. 그럼 이제부터 우리 친구 하자."

유리는 그렇게 말하더니, 다른 친구들을 소개해주겠다고 했다.

모래밭을 뚫고 나온 태수는 아빠가 언제나처럼 던진 의자에 머리를 맞아 죽었는데, 뒷산에 묻혔다고 했다. 태수는 나보다 조그맸다. 소희는 엄마랑 음료수를 나눠마셨는데, 배가 무섭게 아프고 입에서 피가 나왔다고 했다. 그런데 소희 엄마는 안 죽고 소희만 죽었다. 운다고 엄마가 입으로 베개를 막아서 숨 막혀 죽은 애도 있었다. 걔는 이름이 없어서, 그냥 아기라고 부르기로 했다. 옆집 네 살 난 지우만 해 보였다. 지우 엄마 아빠는 지우를 우리 아기, 하고 불렀다.
"그런데 얘는 살아 있는데, 우리랑 친구 할 수 있어?"
태수가 유리에게 물었다.
"아까 물어봤더니, 얘도 혼자라고 했어. 그치?"
유리가 내 손을 잡고 흔들었다.
"너, 엄마 있어?"
소희가 내게 물었다. 나는 고개를 끄덕였다.
"그럼 뭐 해. 이렇게 깜깜해졌는데도 혼자잖아. 너, 친구도 없는 것 맞지?"
유리가 끼어들었다.

"응. 나는 맨날 혼자야."

내가 답했다.

"우리도 다 혼자였어. 여기서는 다 그래."

"그럼 너도 우리랑 같이 있자."

"맞아. 혼자는 무섭잖아."

친구들은 앞다퉈 말했다. 아기도 내 다리를 끌어안고 배시시 웃었다. 누가 나를 이렇게 반겨준 적은 태어나서 처음이었다.

"그런데, 얘 엄마가 찾으러 오면 어떡해?"

"찾으러 오면 돌려주자. 근데 안 그럴걸? 소희 너도 그러다가 우리처럼 죽었잖아!"

나는 친구들하고 서로 그네도 밀어주고, 같이 시소도 타고, 아기를 품에 안고 미끄럼틀도 탔다. 죽은 아이들이라서 그런지 하나도 안 무거웠다. 그런데 시소 타기가 되는 건 신기한 일이었다. 나는 태수 머리에 난 상처도 호 불어주고, 소희랑 같이 소희 엄마 욕도 했다. 아기가 잠투정을 하길래 혼내지 않고 토닥토닥, 무릎 위에 눕히니 스르르 잠에 빠져들었다. 툭, 잠들어 아기의 고개가 떨어지니까 갑자기 무거워졌다. 그때, 어디서 누가 뭐라고 뭐라고 시끄럽게 외치는 소리가 들렸다.

"아, 씨발. 또 저 새끼야."

유리가 말했다.

"얼른 따라와!"

나는 유리랑 친구들을 따라서 수풀 속에 달려가 숨었다. 그 안에서 빼꼼 내다보니, 저번에 놀이터에서 혼자 술을 먹던 그 아저씨 같았다. 이번엔 소주병을 들고 있지 않았다. 그냥 비틀비틀 시소까지 걸어오더니, 거기 앉아서 낄낄대면서 뭐라고 계속 중얼거렸다.

"조심해야 돼. 저 새끼는 여기 보통 때 아무도 안 오는 걸 알고, 어쩌다 들어오는 애들한테 더럽고 이상한 일을 시켜."

유리가 내 귀에 대고 속삭였다.

"근데, 우리는 어차피 저 사람 눈에 안 보이는데 얘 때문에 이렇게 숨어 있어야 돼?"

소희가 투덜거렸다.

"맞아. 우리 그냥, 얘도 데려가면 안 돼?"

태수가 말했다.

"언니, 가지 마."

잠에서 깬 아기가 내 머리카락을 잡고 말했다.

나는 아기를 한 번 보고, 수풀 바깥 술 취한 아저씨

를 한 번 봤다. 어라, 자세히 보니까 우리 동네 바로 밑에 사는 아저씨다. 그런데 그렇게 나쁜 사람이었구나. 별로 놀랍지는 않았다. 놀이터 밖에도 그런 어른은 너무 많았다. 나는 무릎에 얼굴을 묻었다. 내가 죽으면, 엄마는 슬퍼할까? 잘 모르겠다. 엄마는 나한테 잘해줄 때도 많지만, 화가 나면 나 때문에 엄마 삶이 요 꼴이 났다고 막 소리를 지르고 운다. 밤늦게 일하고 와서 내가 말을 걸거나 뒤에서 끌어안으면, 피곤하다고 밀어낼 때도 있다. 엄마는 내가 항상 혼자인 걸 모른다. 이 애들은 안다. 나는 다시 한번 고개를 양쪽으로 돌려보았다. 수풀 밖을 보면 조금 무서워서 눈물이 맺히고, 수풀 안에 같이 있는 친구들을 보면 마음이 놓였다.

"너네랑, 계속 같이 있고 싶어."

"그치? 역시 너도 그렇지?"

소희가 신난 목소리로 말했다.

"그러려면 어떻게 해야 돼?"

"정말 후회 안 해?"

유리가 물었다.

"응."

"놀아보니까 나는 네가 너무 좋아서, 너를 계속 보지 않아도 되는데."

"그게 무슨 말이야?"

"정말 방법을 알려줘?"

"알려달라니까."

"휴, 그래. 그러려면 말이야…."

그 순간, 유리의 목소리가 더 크고 굵은 목소리에 덮였다.

"아저씨, 여기서 뭐 하세요?"

옆집 지우네 아빠였다. 술 취한 아저씨는 지우 아빠를 힐끗, 보더니 또 뭐라고 뭐라고 중얼거렸다.

"여기 애들은 안 와도, 애들 노는 놀이터예요. 이 시간에 술 먹고 여기서 뭐 하세요?"

지우 아빠는 미끄럼틀 옆에 서 있는 안내문을 쿵, 쳤다.

"취객 출입 금지, 성인 출입 금지. 쓰여 있네요. 나가세요."

"아이씨…."

취한 아저씨가 벌떡 일어나서 나는 깜짝 놀랐다.

"여기 있어?"

그때, 다른 목소리가 들렸다. 지우 엄마였다. 지우를 안은 지우 엄마가 핸드폰 플래시를 켜고 나타나자, 그 아저씨는 짜증스럽게 투덜거리더니 울타리 밖으로 비틀대면서 나갔다.

"아우, 술 냄새… 근데, 여기도 없는 것 같은데."

"그래도 한번 불러보자. 이 시간에 맨날 집에 있던 애가 어딜 갔을까…. 어머, 지호야!"

지우 엄마가 나를 불렀다.

"어, 누가 얘를 찾네…."

소희가 중얼댔다.

"너, 우리랑 같이 못 가겠다."

유리가 말했다. 나는 친구들의 얼굴을 보았다. 다들 슬픈 얼굴이었다. 그렇지만, 아저씨 아줌마가 놀이터에서 나가려고 하고 있었다.

"미안해. 다음에 또 올게!"

"아니야… 오지 마. 오늘, 재미있었어."

유리가 말했다. 유리는 내 등을 가만히 밀었다.

"빨리 가."

나는 유리에게 떠밀려서 모래밭으로 타다다 뛰어나갔다. 죽은 친구들이 멀어졌다. 두 어른이 나를 돌아보았다. 핸드폰 플래시가 희미하게 빛났다.

보호구역

사람이 이렇게 사람을 믿었던가. 키즈카페에서 아르바이트를 시작한 이후 내 마음에 불쑥 솟아오르는 질문이다. 작지만 나 혼자서 아이들을 전부 관리하기엔 벅찬 이 가게는, '보호자가 꼭 함께 있어야 합니다.'라는 안내문을 문 앞에 붙여놨다. 하지만 그건 그냥 글일 뿐이었다. 부모들은 여섯 살, 다섯 살, 심지어 세 살배기 아이를 내게 맡긴 채 떠나곤 했다. 금방 돌아온다고 아이에게 한 번, 내게 한 번 말한 그들의 공통점은 대여섯 시간씩 연락이 두절된다는 점이었다. 면접에 합격했을 때 사장은 말했다. 서로를 믿는 마음으로 근로계약서를 쓰지 말자고. 그 말은, 나의 신원을 이 가게에 있는 누구도 정확히 알지 못한다는 말이다. 교사도 의사도 아닌, 이름도 모르는 20대 초반 아르바이트생이 타인으로부터 가장 신뢰받는 순간은 그들이 자신의 아이를 맡길 때였다. 나는 그때마다, 내가 나쁜 사람이 아니라는 사실이 다행이라고 생각했다. 그리고 궁금했다. 아이가 아니라 돈 봉투를 맡길 때도 그렇게 선뜻 나를 믿을지. 어쨌든 그들은 나를 믿었고, 아이들도 나를 믿었다. 혼자서 수많은 아이를 보느라 화장실도 가지 못하고 혼이 반은 빠진 채 일하는 나를 나 자신도 다 믿지 못하는데 말이다. 그런 아이들이 사랑스럽게 느껴지지 않았다면 진작 그만뒀을 아르바이트다.

"선생님! 내가 퀴즈 내볼 테니까 맞춰봐요?"

아이들은 나를 선생님이라고 불렀다.

"나는 왜 이렇게 귀엽게요?"

그리고 이런 질문을 해대며 눈을 깜빡이는 표정을 볼 때면 절로 웃음이 나왔다. 그러고 돌아서면 마음 한구석이 아렸다. 해피가 생각났기 때문이다. 내 첫 기억은 해피와 함께 시작된다. 집에서 가장 작은 사람이던 나보다 작던 유일한 존재. 나는 해피의 부드럽고 조금은 곱슬거리는 황갈색 털에 손을 푹 파묻고 쓰다듬어주길 좋아했다. 지금 생각해보면 그렇게 작은 강아지를 어떻게 마당에 묶어놓고 키웠을까 싶다. 그리고 여전히 궁금하다. 그렇게 작고 가벼운 강아지를 잡아가서 뭐 하려고 개장수는 우리 해피를 데려갔는지.

"가!!!"

찢어질 듯한 괴성이 생각을 찢고 고막을 파고든다. 상우다. 상우가 또, 다른 아이의 부모를 보고 소리를 고래고래 지르기 시작했다.

"상우야."

나는 서둘러 달려가 상우의 어깨를 달래듯 끌어안았다.

"가!!!!"

"상우야, 친구도 여기 놀러 온 건데 그럼 어떡해."

내 팔 밑에서 발을 구르며 버둥거리던 상우는 씩씩거리며 노려보던 곳을 계속 노려봤다. 나도 상우의 시선 끝 얼굴을 보았다. 이번엔 시아 엄마다. 시아 엄마는 난감한 표정으로 시아를 품에 당겼다. 그러자 상우는 달려들어 시아 엄마의 팔뚝을 때렸다.

"엄마아!"

시아가 울먹인다.

"상우야. 어른을 때리면 안 돼!"

미칠 것 같았다. 근처 자기 집에서 밥을 먹으면서도

앱을 통해 매장 CCTV를 내내 지켜보는 사장은, 내가 잠시 숨을 돌릴 때 불필요한 잔업을 시키기 위해서는 전화했으나 이런 순간엔 잠잠했다. 땀으로 등이 젖고 나도 모르게 한숨이 나왔다. 끙, 소리에 상우는 잠시 멈칫하더니 눈을 들어 나를 보았다.

"저기요, 저희는 그만 갈게요…."

결국 시아 어머니는 주섬주섬 외투를 챙기기 시작했다.

"어머님, 죄송해요."

그 말밖에는 할 말이 없었다. 그도 다른 말 없이 한 시간 분량의 이용료를 계산하기 위해 카드를 내밀었다. '10분을 이용하셔도 이용료는 한 시간 단위부터 계산됩니다.' 카운터 앞에 붙여놓은 종이는 강력한 힘을 가졌다. 사장은 내게 말했다.

— 누가 따지거든, 사장이 그렇게 정했으니 어쩔 수 없다고 해. 그래도 계속 난리면, 앞으로 안 받아도 되는 손님이니까 신경 쓰지 마.

그런 이유로 이 가게에서, '보호자가 꼭 함께 있어야 합니다'라는 종잇장은 힘없이 팔랑댔으나 테이프 두세 겹으로 단단히 붙여놓은 가격에 대한 약속만은 철저하게 지켜졌다.

"어휴, 애 부모는 저런 애를 놔두고 어딜 간 거야…."

시아 어머니는 그 말을 인사로 남기며 뒤돌아 나갔다. 그러게. 나도 새삼스레 궁금해졌다. 가게에 오는 아이들은 시아처럼 엄마나 아빠와 함께 오기도 하고, 함께 온 보호자가 비상시에 절대 연결되지 않을 비상 연락망을 남긴 뒤 몇 시간씩 사라지기도 하고, 마지막으로 상우처럼 보호자의 얼굴을 한 번도 보여주지 않기도 했다. 나는 시아가 엄마 손을 잡고 떠난 유리 출입문 너머를 죽어라 노려보며 여전히 주먹질을 해대는 상우를 물끄러미 응시했다. 여섯 살. 상우는 자기 나이를 그렇게 말했다. 나이에 비해 몸집이 크지도 않았다. 내가 일할 때 하루도 빼놓지 않고 혼자 놀러 와 조용히 놀다가 가게가 문을 닫을 즈음 꼬깃꼬깃 접은 지폐를 내놓고 가는, 누구에게도 관심이 없다가 한 번씩 발작하듯 특정 아이와 보호자에게 난리를 쳐 결국 쫓아내는, 상우는 이런 가게에 혼자 다니기엔 확실히 어렸다. 금상우. 나는 명부에 비뚜름한 글씨로 상우가 적은 제 이름을 만져보았다. 그러다 그 위로 팔을 얹어 턱을 괴었다. 나는 상우의 이름이 정말 상우인지 모른다. 상우가 일곱 살인지 다섯 살인지 아니면 아홉 살인지도. 상우가 아빠 번호라며 적어놓은 열한 자리 숫자가 어디로 연결되는지마저도 말이다. 상우야, 우리는 어마어마한 신뢰로 이곳에 묶여 있구나. 때로는 나를 제외한 어떤 어른도 없이, 내가 쉬지만 않으면 무슨 짓을 벌여도 나타나지 않을 사장의 카메라 밑에서, 나라는 사람이 절대로 너희를 해치거나 버려둔 채 도망가지 않을 거라는 믿음으로. 그리고 한편으론 너희가, 혹은 너희 부모가 너희에 대해 적은 말들이 죄다 진짜일 거라는 믿음으로. 나는 속으로 중얼거리다가 탈탈 고개를 젓고는 상우에게 다가갔다. 아이들과 함께 있는 사람에게 생각에 잠길 시간은 없다. 이제야 진정이 된 상우는 소꿉놀이 세트가 든 바구니를 꺼내와 놀고 있었다.

"상우, 당근으로 뭐를 맛있게 만드는 거야?"

물음에 상우가 나를 향해 방싯 웃는다. 이럴 때면 이렇게나 얌전하고 귀여운데.

"당근으로요, 아이스크림 만들어요. 당근 아이스크림요."

"그렇구나. 달콤하겠다!"

상우는 분홍 플라스틱 도마 위에 가짜 당근을 올려놓고 통통, 플라스틱 칼질을 한다. 그러고는 주홍색 블록들을 장난감 접시에 우르르 쏟는다.

"자, 다 됐어요. 선생님 먹어요."

"우와, 고맙습니다!"

당근을 손에 쥐고 냠냠 먹는 흉내를 내는 동안, 상우는 바구니 안에 손을 넣고 뒤적대기 시작했다.

"이번엔 무슨 아이스크림일까?"

"아."

상우가 짧은 감탄사와 함께 꺼낸 건 미미 인형이었다. 키즈카페에서 미미 인형 같은 낱벌 장난감은 다른 장난감 포장 속에 곧잘 섞여 들어가곤 했다. 찾아도 안 보이더니 저기 있었구나, 생각하는데 상우가 미미를 도마 위에 눕혔다. 그리고 장난감 칼로 마구 난도질하기 시작했다. 당근을 든 내 손이 뻣뻣해졌다. 잠시 말을 고르기 위해 머리를 뒤졌다.

"상우야⋯ 미미가 아프겠다."

겨우 찾은 말을 신음처럼 뱉자, 상우가 고개를 내 쪽으로 홱 돌렸다.

"아프라고 그러는 거지! 죽으라고 그러는 거지!"

나는 당황스러움과 함께 눈이 흔들리는 것을 감출 수 없었다. 상우는 미미에게 칼질을 멈추지 않았다.

"상우야. 남을 아프게 하거나 죽게 만들면 안 돼."

상우는 나를 빤히 보았다. 왜요? 하고 묻지 않았다.

"알겠어, 상우야?"

나는 재차 말했다.

"그럼, 사람은요?"

"응?"

"그럼, 진짜 사람은 때리고 죽여도 되는 거지요?"

상우의 물음 뒤로, 가게에 틀어놓은 라디오 앱에선 흥분한 사람들의 목소리가 흘러나왔다.

노키즈존이라는 거는요, 결국은 이 사회에서 아이들을 배제한다는 거거든요.

선생님, 그렇게 감정적으로 접근할 문제가 아니고요, 이 사회가 자영업자들의 권리를 얼마나 보장해줬느냐를 생각해봐야 합니다.

한참을 기다렸지만 누구도, 아이가 잔뜩 모인 구역에서 일어나는 일에 대해서는 말해주지 않았다.

상우는 오늘도 저기에 있다. 미미에게 칼질하는 것을 본 이후로 나는 상우가 무섭다. 하지만 더 무서운 것은 사장의 말이었다.

― 못 찾아내면, 시급에서 깎이는 것 알지? 그게 정당하지?

나는 가게에 월, 수, 금 세 번 출근한다. 주말에 이상한 일이 일어났다. 매장에 있는 모든 남자아이 인형이 사라진 것이다. 그중에는 미미의 남자친구 역할을 하라고 만든 것도 있었고, 봉제 인형도 있었다. 물론 가장 많은 건 레고 피겨였다. 언젠가부터 여아용 레고를 아예 따로 만들어내기 시작한 그 회사는 이제 사람 모양을 한 피겨 대부분을 남성으로 상정하고 찍어냈다. 그게 몽땅 없어진 것이다. 그리고 사장은 당연하다는 듯이 주말에 방에서 쉬고 있는 내게 전화를 했다. 사람 모양을 한 인형과 장난감이 죄다 보이질 않는데, 내가 실수를 하고 간 것일 수도 있으니 월요일에 와서 찾아놓으라고. 그러지 못하면 최저시급을 내가 일한 만큼 곱한 돈에서 그만큼을 덜어내겠다고. 자라면서 한 번도 만져보지 못한 외국 장난감들의 값을 아득히 짐작하며 나는 가게 구석구석을 뒤졌다. 어쩌면 이번 달 일한 돈을 아예 안 줄지도 모르는 일이었다. 사장이 그럴 것이라는 걸, 나는 알고 있었다. 처음 출근해 일에 대해 설명받을 때 나는 사장에게 인수인계를 받았다. 힘을 쓰려면 역시 남자 알바를 써야 하는데, 하며 혼자 투덜대던 사장은 나를 힐끔힐끔 보더니 말했다. 내 직전 아르바이트생이 무단결근을 하고는 연락 두절이 되었다고. 번호도 없는 번호로 바뀌었단다. 근로계약서를 쓰지 않았으니 당연히 일어날 수 있는 일이었다.

— 일한 만큼 시급 계산해서 달라고 연락만 했어봐. 찾아내서는 아주 그냥 후회하게 만들어줬을 텐데… 그러질 않았으니까 봐주고 넘어간 거지.

나는, 일한 삯을 받은 것을 '아주 그냥 후회하게 만들어주는' 방법이란 대체 무엇일까 오래도록 궁금했다.

"뭐 찾아요, 선생님?"

나도 모르게 흠칫 놀라 뒤를 돌았다. 상우가 서 있다.

"장난감."

"장난감?"

"그래."

"그거, 못 찾을 텐데."

답을 하지 않았다. 아이들이 어른을 약 올리고 싶을 때 흔히 하는 말이었다.

"말랑 인형은 터져서 죽고, 기다란 거는 녹아서 죽고, 레고는 박살이 나서 죽어버렸어!"

고개를 돌려 다시 상우를 보려는데, 목에서 끼이익 소리가 나는 것만 같았다. 나는 눈빛에서 두려움을 감추려 애썼다.

"정말인데. 안 믿겠지."

아이의 말을 못 들은 체하고 다시 인형들을 찾아 나섰다. 봉제 인형 중에는 더러 솜이 아주 빵빵하게 채워졌거나 헝겊이 주름진 것들이 있었다. 어쩌면 그 틈에 아이들이 레고의 작은 브릭을 숨겨놓거나 등에 달린 지퍼를 열고 마론인형을 넣었을지도 모르지. 나는 선반에서 천 인형들을 모아놓은 큰 상자를 내렸다. 묵직해서 이를 악물어야 했다. 소독을 해도 꼬질함이 남아있는 인형들을 하나씩 꺼내 이리저리 만져보고 털어보고 뒤집어보았다. 그러다 한 인형이 손에 잡혔다. 나는 인형을 든 채 잠시 그대로 멈췄다. 곱슬곱슬한 갈색 털을 가진 강아지 인형. 눈도 코도 까맣고 동그래 꼭 초코칩 세 개가 박힌 쿠키 같은 얼굴.

"어? 해피다."

그때 상우가, 그렇게 말했다.

"해피는 죽었잖아."

연이은 상우의 말에 인형을 든 내 손이 덜덜 떨렸다.

"방망이로 막 맞아서 죽었잖아."

상우에게 달려가 어깨를 와락 움켜쥐었다. 상우는 나를 빤히 올려다봤다.

"무서워서 오줌도 못 싸고 꼬리만 요렇게 하고 있다가 죽었잖아."

아이는 연거푸 떠들었다.

"야, 너 무슨 소리를 하는 거야!"

나는 소리를 꽥 질렀다. 몇 개월간 일하면서 처음이었다. 매장 안에 있던 아이들이 나를 쳐다보는 게 느껴졌다. 평소처럼, 웃는 얼굴로 아이들을 안심시키지 않았다. 가슴이 두근거려 입 밖으로 튀어나올 것만 같았다.

"생선 냄새가 나서 그랬대. 해피는 생선 냄새가 정말 무섭대."

작은 어깨를 그러쥐었던 손에 힘이 탁 풀렸다. 생선 냄새. 그 단어가 머리를 때렸다.

― 제아무리 성질 사나운 개들도 개장수 앞에서는 맥을 못 춘댄다.

어린 날, 해피가 사라졌다고 엉엉 울던 내 뺨을 올려붙인 엄마는 대단한 비밀을 말하듯 이야기했다. 뺨이 아프다고 울면 다른 곳도 맞을까 봐 울음을 삼키느라 굉장히 애를 먹었다. 그러느라 이유를 물을 생각은 하지 못했다. 뒤에 이어진 말을 들은 것은 스무 살이 되고서였다.

― 맹견들도 개장수 앞에서는 꼬리를 말고 낑낑댄단다. 그 앞에만 서면 지들 동족 피 냄새가 진동을 하니까. 짐승도 그렇게 누울 자리를 보고 발을 뻗는데, 너는 니 애비 성질을 알면서 기어코 화를 돋워서 얻어맞니?

독감에 걸려 앓아눕느라 밥을 못 차려줬다는 이유

로 부친에게 맞았을 때, 집에 돌아온 엄마는 그렇게 말했다. 개장수에겐 우리가 맡지 못하는 피 냄새가 난다는 사실을 그때 알았다. 해피도, 그래서 무서웠을까. 우리 해피는 맹견도 아닌데. 다른 개들만 보아도 무서워서 내 뒤로 숨던, 조그맣고 순한 개였는데.

"해피가…."

"너, 왜 자꾸 얘를 해피라고 해!"

몸이 부들부들 떨렸다.

"야! 선생님 괴롭히지 마!"

레고를 조립하던 혜주가 벌떡 일어나서 외쳤다. 혜주 손에는 여아용으로 따로 나온 핑크색 레고 피겨가 들려 있다.

"……"

상우가 눈을 도르르 굴려 혜주에게로 시선을 옮겼다.

"야, 윤혜주."

나는 상우가 혜주의 이름을 안다는 사실에 조금 놀랐다.

"너, 내가 오지 말랬지? 왜 맨날 여기 와?"

아이는 혜주에게 그렇게 말했다. 나는 입술을 깨물었다. 미미를 칼로 썰기 전에는, 얌전하던 상우가 종종 어떤 부모들 앞에서 발작하는 것 말고 말썽을 부리는 것을 딱 두 번 봤다. 한 번은 혜주에게 키즈카페에 오지 말라며 억지를 부리다가 혜주와 머리채를 잡을 뻔해 떼어놓았던 일이고, 다른 한 번은 소희에게 똑같은 싸움을 건 일이다. 애써 무시했던 두 아이의 공통점 하나가 뇌리를 스쳤다. 소득 분위가 낮은 가정의 아이들은 구청에서 지원을 해줘 무료로 우리 가게를 이용할 수 있었다. 소희와 혜주 모두, 그래서 계산을 하지 않고 가게를 나가곤 했다. 설마 아이가 그런 이유로 친구를 괴롭힐까 싶었지만, 나는 이제 자꾸만 상우가 아이처럼 느껴지지조차 않았다. 미미에게 칼질을 하고 해피라는 이름을 입에 올리며 섬뜩한 말을 늘어놓는 상우가, 나는, 무서웠다. 그리고 순간 알아차렸다. 지금 이 가게 어디선가도 기이한 냄새가 난다는 것을. 난생처음 맡아보는 그 냄새는 생선이 썩는 것만 같은 내음이었다. 방금 비워 깨끗한 쓰레기통을 멍하니 쳐다봤다.

오늘은 가게가 유독 한적하다. 오후 내내 그렇더니, 5시에 지호가 나가고는 어떤 손님도 오지 않았다. 가게엔 상우와 나뿐이었다. 상우는 색칠 놀이를 하겠다며 내가 그려준 그림에 열심히 색연필을 칠하고 있었다. 1시부터 네 시간 동안 잠시도 쉬지 못했는데 겨우 숨을 돌릴 수 있었다. 출근 때 외투 주머니에 넣어놓고 한 번도 보지 않은 핸드폰을 슬며시 꺼내봤다. 배터리가 없었다. 어제 너무 피곤해서 충전기에 꽂는 것도 잊은 채 잠들어버린 탓이다. 따로 충전기도 가져오지 않았기에 한숨을 쉬고는 다시 주머니에 넣었다. 가게 열쇠나 지갑을 놓고 오지 않은 게 어디인가. 그때 무언가 내 다리에 매달렸다.

"선생님."

상우였다. 흠칫 놀라며 밑을 내려다보는데, 괜히 미안한 기분이 들었다. 어쨌든 나는 어른이고 상우는 아이인데 잘못을 바로잡아주면 되지 뭘 무서워한단 말인가.

"……"

상우는 예의 그 천진한 얼굴로 나를 보았다.

"선생님, 우리 같이 놀아요."

"그래, 뭐 하고 놀까?"

"음… 숨바꼭질!"

상우가 술래가 되어 벽에 이마를 대고 스물을 세고, 나는 커다란 몸을 대충이나마 숨길 곳을 찾으며, 내가 카메라 밖으로 사라지면 사장이 전화를 할 것인지 궁금했다.

"열… 하나, 둘, 셋…"

상우는 아직 10 이상의 숫자는 모르는 나이였다. 그래서 상우의 셈은 열, 이 지나면 하나부터 다시 시작했다.

"열! 나 이제 찾는다요."

거듭 열을 센 상우는 신난 목소리로 말했다. 나는 테이블 아래 적당히 몸을 구긴 채로 상우를 지켜봤다.

"선생님이 어디 있지? 없어져버렸나?"

상우는 조그만 볼풀을 뒤적이며 중얼댔다.

"없어졌으면, 내가 찾으면 되지! 어차피 여기 안에 있을 테니까!"

나는 몸을 구부린 채 풉, 하고 웃어버렸다. 같이 있던 사람이 눈앞에서 사라져도 여전히 어딘가에 있다는 것을 믿을 수 있을 때 아이들은 숨바꼭질을 하고 놀지. 상우는 그걸 너무 교과서적으로 말해주었다.

"어… 찾았다!"

웃음소리에 이쪽으로 고개를 홱 돌리더니 상우가 뛰어왔다.

"들켰네!"

나는 함께 웃으며 품으로 파고드는 아이를 끌어안았다.

"선생님, 이제 선생님이 술래해요."

그 말에 아차 싶었다. 가게에는 오직 둘뿐인데, 아이가 숨는 걸 기다린다고 눈을 뗄 수는 없었다. 열 번을 두 번 셀 동안도 안 됐다. 단 몇 초 사이에 사고가 나고 사라지는 게 아이들이었다.

"상우야. 숨바꼭질은 그만하자. 선생님은 상우가 이다음에 또 놀러 올 때 술래할게."

"왜요? 아까 선생님이 잡혔잖아요!"

"그래. 그런데 지금 가게에 선생님이랑 상우 둘뿐이잖아. 그래서 선생님은 상우한테 눈을 못 떼겠어."

"……."

상우가 나를 빤히 보았다.

"미안해, 상우야. 어쩔 수 없어."

"그럼, 선생님이 보고 있는 동안 내가 숨을게요."

"응?"

"정말이에요. 선생님이, 나 계속 보고 있어요. 내가 숨을게요."

상우는 그러더니 볼풀 안으로 발을 넣었다.

"선생님은 열 번 만큼만 세도 돼요. 그럼 내가 숨어 볼게요."

"……."

어째야 하나 생각하는 동안 상우는 이미 얕게 깔

아놓은 말랑한 공들 틈바구니로 파고들기 시작했다.

"상우야, 다치지 않게 조심해."

답이 없었다. 말해놓고 나니 스스로가 조금 우스웠다. 볼풀 밑은 푹신한 쿠션이 깔려 있었고, 아이들이 숨이 막히거나 빠져나오지 못할 만큼 깊지도 않았다. 그래도 조금은 걱정됐다. 저렇게 놔둬도 정말 괜찮을까? 질문과 동시에 상우의 정수리가 볼풀 안으로 쑥 모습을 감췄다. 나는 잠시 멍하니 서 있다가, 볼풀 앞으로 다가섰다. 혹시 모를 일이라, 상우를 바로 꺼내는 게 좋을 것 같았다. 나는 상우가 방금 들어가 공이 흩어진 자리로 양팔을 넣었다. 와그작, 가벼운 고무공들이 힘없이 허공으로 튀어 올랐다. 당황스러웠다. 나는 손으로 공들을 흩어보았다. 상우가 만져지지 않았다. 손가락을 갈퀴처럼 세워 볼풀을 파보았다. 상우는 만져지지 않았다. 식은땀이 났다.

"상우야."

아무 소리도 나지 않았다.

"상우야, 나와. 어디 있어?"

이 가게의 볼풀은 내 시야에 모두 들어올 만큼 작았다. 상우는 분명 볼풀 안으로 들어갔다. 나는 아예 볼풀 속에 들어가 상우를 찾기 시작했다. 그 안을 걸어 다니며 공을 헤쳐보았다.

"상우야, 선생님이 졌어. 빨리 나와."

목소리가 떨렸다. 얘가 어디를 간 거지? 볼풀 속에서 상우를 찾지 못한 나는 정신없이 가게 곳곳을 뒤지기 시작했다. 상우야, 상우야, 계속해서 부르며. 상우는 답하지 않았다. 머릿속이 하얘졌다.

"상우야!"

부름은 이제 고함이 됐다. 출입문을 홱 젖혀보았다. 잠깐 밖으로 나갔나? 가게 화장실은 밖에 있었다. 어쩌면 화장실에 갔을까? 문을 열자 어느새 저녁이 된 거리는 춥고 어둑해지고 있었다. 나는 다른 가게들이 일찍 문을 닫은 상가 화장실로 가보았다. 여자 화장실과 남자 화장실까지 모두 들어가 미친 사람처럼 칸막이 문을 하나씩 밀어보았다. 상우는 없었다. 정신없이 가게로 돌아왔다. 외투에 손을 넣어 핸드폰을 꺼내자, 화면이 켜지지 않았다. 배터리가 아예 나간 모양이었다. 가게 수화기를 집어 들었다. 카운터 모니터 위에 붙여진 쪽지를 따라 사장의 번호를 눌렀다. 신호음은 잠시 이어지다 뚝 끊겼다. 다시 걸어보았다. 전화는 다시 끊겼다. 나는 벌벌 떨며 수화기를 내려놓았다. 이제 누구를 찾아야 하지? 눈물이 날 것 같았다. 어떻게 눈앞에서 아이를 잃어버릴 수가 있지? 차라리 가게에 손님이 많아 바쁘던 때 누군가 사라졌다면 집에 갔나보다 생각할 것이다. 그런데 상우는 분명 내 시선 끝에서 사라졌다. 그러니 오로지, 내 책임이었다. 누군지 몰라도 상우의 보호자는 이 가게에 어른이 있다는 이유로 아이를 키즈카페에 보냈을 것이다. 구천백 육십 원, 만 원이 되지 않는 최저시급만큼의 신뢰로 나는 여기서 일하고 있었다. 이상하게도 그 생각을 하자 마음이 착 가라앉았다. 그래, 내가 엄마도 아빠도 진짜 선생님도 아닌데 애가 잠시 사라졌다고 너무 유난일 건 없지. 갑자기 변덕이 나서 집으로 갔다 해도 내가 어쩔 것인가. 둘뿐인 가게에서 누가 아이를 데려간 것도 아니고 말이다. 그렇게 생각하며 시계를 보았다. 어느새 퇴근 시간이 가까워졌다. 가게를 정리하고 정산을 해야 할 시간이었다. 상우는, 집으로 갔겠지. 그래야만 했다. 나는 초조하게 손톱을 물어뜯으며 정리를 마쳤다. 그리고 다시 상우를 불러보았다. 불안은 다소 가라앉았대도, 멀쩡히 놀던 아이가 계산도 안 하고 사라졌는데 퇴근을 할 수는 없었다. 아이를 맡긴 부모가 오지 않아 두 시간씩이나 늦게 퇴근을 했던 날들이 떠올랐다. 그래도 어쩔 수 없었다. 그렇게 텅 빈 가게에 앉아 있다 보니 머리를 스치는 생각이 있었다. 서랍을 열어 방금 집어넣은 손님 명부를 꺼냈다. 그 위에서, 상우가 서툰 글씨로 쓴 제 이름, 그리고 열한 글자의 숫자를 찾아냈다. 상우는, 그게 아빠 번호라고 했다. 다시 수화기를 들고 다이얼을 꾹꾹 눌렀다. 제발 받아라, 중얼대며. 영원처럼 신호가 갔다. 뚜, 뚜 소리가 한참 흐르더니 마침내 누군가 전화를 받았다.

"야, 이 개 같은 년아. 너 때문에 내가 이게 다 뭔 고생이냐?"

수화기 너머로 굵은 목소리가 대뜸 고함을 쳤다.

"봐주느라고 살려뒀더니 내가 우습지? 딱 기다려. 칼로 내가 그냥…."

손에서 수화기가 떨어졌다. 가슴이 쿵쾅거렸다. 잠시 상황을 파악하다가 전화를 끊었다. 아무래도, 잘못 건 것이겠지. 떨리는 손을 붙잡고 있다가 다이얼을 새로 눌렀다. 상우의 글씨를 보고, 한 자 한 자 정확히.

"금상우, 미친 새끼야. 뭘 봐?"

다시 전화가 연결됐을 때 수화기 너머 남자는 그렇게 말했다. 번호는 틀리지 않았다. 나는 수화기를 던지고 벌떡 일어나 출입문으로 달려갔다. 퍽. 몸으로 밀면 열려야 할 유리문은 열리지 않았다. 한참을 흔들다가

보호구역

잠금장치들을 살펴보았다. 어떤 것도 잠겨 있지 않았다. 오한이 들었다.

"저기요, 저기요!"

아무리 문을 두드리며 외쳐보아도 까맣게 변한 밤거리엔 아무도 지나가지 않았다. 다시 카운터로 달려가 전화기를 집어 들었는데, 소리가 나지 않았다. 전화선을 뽑았다가 꽂고, 전화기를 흔들고, 별짓을 다 해보아도 마찬가지로 먹통이었다. 비틀대며 자리에 앉는데, 익숙하고 낯선 냄새가 코를 찔렀다. 며칠 전부터 점점 짙어져가던 쓰레기 냄새였다. 땀에 젖은 손으로 테이블을 짚고 일어섰다. 어디지. 어디서 이런 냄새가 나지. 벽을 더듬으며 홀린 듯이 냄새를 따라가는데 갑자기 입술 사이로 흐느낌이 터져 나왔다. 다리가 후들거렸다. 무엇이라도 찾아내야 이 미칠 듯한 기분이 덜어질 것 같았다. 그렇게 걷던 내 발끝에 단단한 것이 톡, 채였다. 벽이었다. 선반도 쓰레기통도 놓이지 않은 빈 벽을 가만히 쓸어보았다.

"선생님."

그때, 벽 너머에서 누군가 말했다.

"선생님!"

분명 상우 목소리였다.

"상우야?!"

"가!!"

상우는 느닷없이 그렇게 외쳤다. 나는 어찌할 바를 몰라 입을 뻐끔대다가 벽을 마구 두드리기 시작했다.

"상우야!!"

"가!!!!!"

이제 상우는 찢어질 듯 비명을 질렀다. 거의 숨이 넘어가는 소리였다.

"상우야, 상우야!"

나도 흐느끼면서 벽을 때렸다.

"상우야, 괜찮아! 선생님 여깄어! 상우 어딨어?"

말하며 다시 벽을 치기 위해 팔을 들어 올린 순간, 와르르 소리가 났다. 그리고 먼지가 피어올라 뿌옇게 시야를 가렸다. 손을 휘저어 먼지를 가라앉혔을 때 나타난 풍경에 나는 그만 주저앉았다. 그것을 사람이라고 해야 할까. 눈코입과 사지가 멀쩡히 달려 있으니 사람일까. 벽이 무너진 자리엔 벌거벗은 남성의 몸을 한 무언가가 들어 있었다. 그것은 핏줄이 터지다 못해 보랏빛이 된 눈을 부릅뜬 채 양팔을 귀 옆에 딱 붙여 번쩍 들고, 무릎을 꿇은 자세로 존재했다. 피부 여기저기가 울룩불룩했다. 거기서 코를 찌르는 악취가 났다. 나는 코를 막는 것도, 눈을 감는 법도 잊은 채 그것을 응시했다. 사람의 모양과 닮았으나 사람이라고 할 수는 없었다. 보자마자 그런 느낌이 들었다. 죽은 사람이어서는 아니었다. 하여간 그것은 살이 썩어들어가고 있었다. 그런 와중에도 입술과 성기 부분에 붉은 실이 꿰매진 모습이 선명히 눈에 들어왔다. 붉게 박음질 된 그것의 입술 안쪽에선 무언가가 힘차게 꿈틀거렸다.

"씨발, 뭐야!!"

그제야 비명을 지르는 법을 기억해낸 내 입술이 외쳤다. 그때 그것의 입을 꿰매놓은 실이 투둑, 소리를 내며 틀어지더니 알록달록하고 작은 것들이 우르르 쏟아져 내렸다. 인형, 그건 인형이었다. 플라스틱으로 된 레고 피겨와 크고 작은 남자 인형들이 끝없이 바닥으로 떨어졌다. 그때 누군가 내 허리를 와락 끌어안았다.

"찾았네?"

상우였다. 나는 벌벌 떨리는 몸을 구부려 상우를 간신히 안았다. 다친 곳이 없나 살펴보았다.

"상우야… 어디 있었어?"

"선생님이 찾아줄 때까지 숨어 있었지."

"어디에?"

"……."

갑자기 싸늘한 기분이 들어 상우를 끌어안은 손을 풀었다. 상우가 텅 빈 눈으로 나를 보다가, 다가와 내 귓가에 손을 대고 속삭였다.

"동생 묻힌 산에 같이 있었지."

서늘함이 머리를 타고 내려왔다. 동생이라고?

"있지, 우리 아빠는 맨날맨날 술만 먹어. 술 먹으면 상희랑 나는 아빠한테 맞아야 돼. 아빠는 맨날 화나서 술 먹고, 때리고, 우리한테 욕을 해."

꼴깍, 침 삼키는 소리가 고막을 파고들었다.

"그치만 아빠는 상우랑 상희를 사랑해. 사랑해서 때리는 거야. 그런데 우리가 밥을 많이 먹어서 집이 가난해지니까 화가 나는 거야."

상우는 다시 말을 멈췄다. 쌕쌕, 거칠어진 숨소리가 들렸다.

"그래서, 상희가 죽었어."

머리가 삥 돌았다.

"아빠가 화가 나서 칼로 때려서, 상희가 죽었어. 밤에… 아빠가, 저기 있는 산에 상희를 묻어줬어."

상우는 가게 전면 유리창 저 너머로 팔을 쭉 뻗어 어딘가를 손가락질했다. 가게에서 마을버스를 타고 몇 정거장 가면, 야산이 나온다. 조금 전 전화기 너머로 상우를 부르고 쌍소리를 하던 목소리에 이어, 상우가 인형에 칼질을 하던 모습이 빠르게 스쳐 갔다.

"같이 집에 와서 아빠는 거실에서 코 잤어. 상우는 못 잤어. 아빠한테 생선 냄새가 나서."

상우는 내게서 떨어져 제 무릎을 끌어안았다.

"어떤 어른들한테서도, 생선 냄새가 나."

나도 쓰러지듯 주저앉았다.

"먼저 선생님도 생선 냄새가 났어."

먼저 선생님. 나는 어느 날 무단결근 후 잠적했다는 내 전임 아르바이트생을 떠올렸다.

"그 선생님, 남자였어?"

상우는 입술을 바르르 떨더니 고개를 끄덕였다.

"선생님이, 친구들한테 막 이상한 걸 했어."

상우는 그렇게 말하며 자기 몸 여기저기를 만졌다.

"계산 안 하고 가는 대신이랬어."

나는, 구청과의 연계로 돈을 내지 않고 가게를 이용하던 아이들의 이름을 아득히 떠올려보았다.

"상우야. 그 사람이⋯ 상우한테도⋯ 그랬어?"

상우는 잠시 가만히 있더니 말을 이었다.

"상우 혼자 집에 갈 때 선생님이 데려다줬어. 같이

걸어가면서 예쁘다고 엉덩이를 막 만졌는데, 하나도 예뻐해주는 것 같지가 않고 기분이 나쁘고 무서웠어. 어느 날은 선생님이랑 같이 집 말고 산으로 갔어. 선생님이 거기서 상우를 넘어뜨렸어. 그리고 막 이상한 걸 하고 나서 나를 이렇게 숨 못 쉬게 했어."

상우는 손을 들어 자기 목을 조르는 시늉을 했다.

"나, 산에 있을 때 되게 되게 추웠어. 그래서 동생이랑 이야기했어. 때려도 좋으니까 아빠가 나를 찾으러 오면 좋겠다고. 입으로 흙이 들어왔어."

상우는 나를 보았다.

"근데, 아무도 안 왔어."

상우를 덥석 끌어안았다. 가슴이 쿵쿵 뛰는데 상우가 말했다.

"개장수가 해피 끌고 가서 잡아먹었을 때처럼."

상우가 팔을 움켜쥐며 내 안으로 파고드는데, 아이의 조그만 손가락 마디를 뚫고 하얗게 백골이 솟아올랐다.

"그런데, 선생님 아빠는 이름이 개장수야?"

상우가 무슨 말을 하는 건지 알 수 없었다.

"옛날에 선생님 엄마가 그랬잖아. 해피는 개장수가 데려갔다고. 선생님 집 아저씨가 산으로 데려가서 잡아먹었으니까, 선생님 아빠 이름이 개장수야?"

상우가 파고든 가슴팍 위로 진득한 피가 스며들기 시작했다. 이제 아이의 피부는 팔뚝까지 하얀 뼈가 뚫고 나온다. 나는 문득 그게 상우의 뼈인지 내 뼈인지 알 수 없었다. 아이와 어른이 손을 잡고 들어가 문을 닫으면, 누구도 찾지 않는 시간이 시작된다.

밤의 수술실

"선생님, 정말 끝까지 비밀 지켜주실 거죠?"

1998년 어느 날, 여자는 소파에 앉아 간절한 눈빛으로 태영을 올려봤다. 안 지키면 제 인생도 끝나는데요, 뭐. 그 말 대신 다른 말을 고르며 태영은 여자를 향해 웃어 보였다.

"안 지킬 거면, 왜 이 시간에 이 일을 하겠어요?"

태영의 말을 알아들은 여자도 어색한 미소로 화답했다. 수술 도구들을 소독하며 태영은 생각했다. 웃음이 나올 리가 없는 순간에, 애써 웃지 않아도 되는데. 그것은 사실 수술이라기보다는 시술에 가까웠다. 그러니 수면 마취를 하는 꽤 큰 수술에도 들어가곤 하던 태영에겐 아무것도 아닌 일이었다. 그런데도 환자를 재우지 않고 아이를 빼내는 이 시간은 꽤 길게 느껴졌다.

"수고하셨어요."

수술이 끝났다. 태영은 언제나처럼 소파 위 여자의 손을 잡아주었다. 그 얼굴에 많은 표정이 어렸다. 태영이 짓고, 태영이 알던 여자아이들이 수없이 짓던 바로 그 표정이었다. 아려오는 마음을 누르고서 태영은 장갑을 벗고, 방금 막 아이를 지운 여자와 함께 수술실 밖으로 나왔다. 대기실 의자엔 여자가 들고 온 검은 비닐봉지가 있었다. 여자는, 하얀 얼굴로 봉지를 들어 태영에게 건네며 물었다.

"정말, 이것만 드려도 괜찮을지…."

태영은 대답 대신 불룩한 봉투 안에 손을 넣었다.

"가져가서, 하나 드세요."

당황한 듯 손사래를 치는 여자에게 오렌지 한 알을 쥐어주고, 수술방으로 돌아온 태영은 정리를 마친 후 걸레에 물을 흠씬 묻혔다. 물기를 꼭 짜고, 바닥에 흥건한 피를 빡빡 문질러 닦을 때 이마에선 땀이 흘렀다. 태영이 수술보다 자신 있는 것은 청소였다. 당연했다. 그러니 간호조무사가 된 것이다. 고등학교를 졸업하자마자 직장을 알아볼 때 노트에 끄적인 경리, 공장, 그리고 몇 가지 선택지 중에 태영이 마지막으로 동그라미를 친 건 간호조무사였다. 오래 서 있거나 계산을 잘할 자신은 없었다. 그렇지만, 누군가 흘린 피를 닦는 일만은 자신 있었다. 그래서 면허도 자격증도 없이 병원에 취직하고, 원장이 자신을 간호사라 부르며 수술방으로 불러들였을 때 태영은 몹시 당황했다. 몇 차례 수술에 동참한 후, 잠든 환자와 간호조무사들만을 수술방에 남겨놓고 원장이 아예 나가버렸을 때는 더욱 그랬다. 아무튼, 그 덕에 태영은 감히 한밤에 아무도 허가하지 않은 낙태 시술을 할 수 있었고, 무수히 많은 여자가 원치 않는 출산을 하거나 자살하지 않을 수 있었다.

진료가 끝나고 원장이 퇴근한 밤의 수술실에 찾아오는 여자들은, 돈이 없거나 믿음직한 남자친구를 갖지 못한 사람들이었다. 산부인과에서 임신 소식을 들은 후 태영의 병원으로 온 여자 중에는 원장이 부른 가격 앞에서, 혹은 수술 동의서에 남자 쪽 서명이 반드시 있어야 한다는 말 앞에 유독 눈이 흔들리는 이들이 있었다. 그런 눈빛을 본 태영은, 영수증을 내밀 때 그 눈빛의 주인들에게 메모 한 장을 같이 쥐여줬다. '밤에, 병원으로 오세요.' 바로 밑에는 태영의 삐삐

번호가 쓰여 있었다.

"오렌지 한 봉지만 사 오시면 지워드려요. 남자 동의 필요 없어요."

태영이 한 글자 한 글자 또박또박 녹음해놓은 안내 문구를 들으려 삐삐를 친 사람들의 발신처는, 거의가 공중전화였다. 액정에 찍힌 익숙한 패턴의 숫자들을 볼 때마다 태영은, 초조하게 주위를 두리번거리며 공중전화 전화선을 배배 꼬았을 여자들의 얼굴을 생각했다. 의사들은 위험부담이 높아서 낙태 수술에 비싼 돈을 받았다. 태영은 어차피 위험하니 돈을 받지 않았다. 대신, 콘돔보다는 비싼 오렌지를 한 봉씩 받았다. 질외사정은 피임이 아니에요, 앞으로는 콘돔 끼세요. 자신에게 오렌지를 안겨주는 여자들의 귀에 대고 속삭이며.

걸레질을 말끔히 마친 태영은 마지막으로 얼굴 가득 흐른 땀을 소매 끝에 닦아냈다. 그리고 기구포 위에 흩어져 조각난 살덩어리들을 손끝으로 잡아 가만히 한데 맞추었다. 그것들이 얼추 한덩어리가 됐을 때, 우렁찬 울음소리와 함께 수술실 천장에 둥실, 아기 하나가 떠올랐다.

그렇지만 결국 살인인 거잖아요.

밤에 병원에까지 와놓고서 그런 말을 하며 우는 여자들에게 태영은, 병원에서 일하며 배운 몇 안 되는 사실을 일러주었다. 배 속의 그거, 아직 사람 아니에요. 사람 낳고 싶은 사람들이 귤도 먹고 보약도 먹으면서 태교하다가 사람 모양으로 낳아놓으면 사람 되는 거지, 아직 사람 아니에요.

그럼 뭐예요?

빨간 눈으로 묻는 여자들에게 태영은 답했다. 세포요. 그냥, 조직이라고요. 그러나 사라지려면 우선 무엇이 되어야 했기에 태영이 여성의 몸에서 빼낸 조각난 덩어리들은 태영의 손 아래서 사람을 닮은 무엇이 되었다. 그래서 새사랑 병원에서 이루어지는 밤의 낙태 시술은 의료폐기물을 남기지 않았다.

태영이 자신의 능력을 처음 안 것은 열다섯 때였다. 여름방학을 앞둔 어느 하굣길, 가방을 메고 앞서가던 아이들 한 무리가 갑자기 날카로운 비명을 질렀다. 아스팔트 바닥을 보며 펄쩍펄쩍 뛰던 아이들은 이내 갑자기 깔깔대며 웃더니, 내려보던 자리에 침을 한번 퉤 뱉고 가던 길을 갔다. 그들이 사라지고 드러난 공간엔, 죽은 무언가가 있었다. 타이어 자국 아래 거의 얼룩이 되었으나 회색 깃털이 남아 있어서, 태영은 그게 한때 비둘기 모양을 했을 걸 알았다. 무슨 생각이었을까? 그것을 안고 집으로 온 까닭은. 정확히는 모르겠지만 태영은, 다만 거기에 누가 다시 침을 뱉는 게 싫었다. 그래서 사체를 안고 상가 계단을 한참 올라 집으로 갔다. 장판 위에 한때 비둘기였던 무언가를 두고, 무릎을 끌어안고 가만히 바라보다 보니 1년 전 병원에서 울며 본 풍경이 떠올랐다. 그래서 어설픈 손짓으로 엉망이 된 사체를 단정히 그러모으기 시작했다. 엄마를 염할 때 장의사가 하던 것처럼. 마지막으로 테이프로 박살 난 날개를 붙여주고 나서 바닥에 뒹구는 소주병을 집었다. 그리고 소주를 손에 묻혀 깃털을 닦아주었다. 뻣뻣하고 거칠던 깃털이 부드러워지고 있었다. 엄마의 마지막 모습을 생각하지 않으려고 벌벌 떨면서 태영은 계속 깃털을 닦았다. 같은 손짓을 반복하다 보니 떨림이 잦아들었다. 그 순간, 어디서 새 소리가 났다. 이어 자그만 방 안에 비둘기가 날아올라 맴돌다 사라졌을 때, 태영은 한참이나 눈을 비비다 결론 내렸다. 이것은 꿈이라고. 더구나 갑자기 나타나 사라진 비둘기는 태어나 한 번도 보지 못한 색이었던 것이다. 두 달 뒤 담장 밑에 죽어 있는 고양이 사체를 수습하던 날, 태영은 그것이 꿈이 아님을 알았다.

 정말 꿈이라 믿고 싶은 건 지금이었다. 차라리 진료 접수대에서 마주쳤다면 달랐을까. 원치 않는 임신을 했다며 죄지은 듯 말하던 여자가 원장 뒤에 서 있는 태영과 눈이 마주쳤을 때, 둘은 일순 서로를 알아보았다.
 "원치 않는 임신이라면…."
 여자는, 나른하게 말하는 원장 대신 태영을 멍하니 바라보았다.
 "혹시, 강간인가요?"
 태영은 순간 원장의 따귀를 올려붙이고 싶었다.
 "남자 쪽 동의가 있어야 해서 그래요. 수술을 하다 보면 별일이 다 생길 수 있기도 하고."
 여자는 한참을 말없이 앉아 있다 일어섰다. 원장은 피식, 짜증 섞인 웃음을 뱉었다. 열어두고 나간 진료실 문 너머로, 외투와 가방을 챙기는 여자의 모습이 보였다. 직원 하나는 말없이 앉아 있다 간 그에게 진료비를 청구하고, 다른 직원 하나는 진료실에 들어왔다 나가며 낭랑하게 외쳤다.
 "다음 분 들어오세요."
 여자가 출입문을 젖히고, 한 남자가 진료실로 걸어

들어오며 그 모습이 가린다. 그 순간 태영은 진료실 밖으로 뛰어나갔다. 남자의 두꺼운 어깨에 툭, 몸이 부딪치고 접수대에선 놀란 목소리가 태영을 불렀다.

"언니, 어디 가요!"

태영은 남자와 부딪힌 것도 동료가 자신을 부르는 것도 모른 채 출입문을 당겼다. 방금 나간 여자를 뒤쫓아 계단을 내려갈 때 숨이 차는 것도 몰랐다.

"은진아!"

마침내 여자를 따라잡은 태영이 외치자 우뚝 멈춰선 여자는, 다시 걸음을 떼려다 아주 천천히 몸을 돌렸다. 둘의 눈이 마주쳤다. 태영은 무슨 말을 하려 입술을 달싹이다가, 은진의 어깨를 덥석 끌어안아 버렸다.

"보고 싶었어."

가슴팍을 밀쳐내는 은진을 향해 대뜸 나온 말은 그랬다. 은진의 눈 밑이 파르르 떨리더니 일그러졌다.

"그러니?"

은진은 높낮이 없이 한마디를 남기고 다시 등을 돌렸다. 태영은 그제야 외투 하나 걸치지 않고 나온 몸이 시려왔다. 맥없이 서 있다가, 다급히 주머니를 뒤졌다. 종이가 집혔다. 태영은 돌아선 은진의 손에 주머니 속 종이를 꼭 쥐여주었다.

'오렌지 한 봉지만 사 오시면 지워드려요.'

은진은 오렌지 없이 나타났다. 수많은 여자에게 반복된 문구가 나오는 삐삐로 그도 전화를 걸어왔다. 병원으로 돌아와 배탈이 났다고 변명하던 중 삐삐에 공중전화 번호가 찍혔을 때, 태영은 오늘 밤도 퇴근하지 않기로 결심했다.

"은진아!"

문을 열고 들어온 은진을 보고, 태영은 저도 모르게 외쳤다. 은진은 흔들리고 젖은 눈으로 태영을 바라봤다.

"들어와. 밤에는, 우리 말고 아무도 없어."

태영이 소곤거리며 은진의 손을 끌었다.

"태영이 너, 무슨 일을 하고 다니는 거니?"

수술실 안쪽 간이의자에 앉으며 은진이 한숨처럼 물었다.

"뭐 하긴. 사람 아닌 걸 죽여서 사람 살리는 거지."

"얼마나 했어?"

"여기서 일하고 얼마 안 됐을 때부터니까 한 3년 됐지."

"미쳤다."

은진은 손바닥에 얼굴을 묻었다가 홱 쳐들며 소리쳤다.

"들키면 어떡하려고 그래!"

"왜 들켜?"

"3년이라며! 그중에 갑자기 맘 변해서 너 찌르는 여자 있으면 어쩔래? 갑자기 하늘의 은총을 받았다면서 세례라도 받고 과거를 회개하다 너까지 회개시키려 하면? 나중에 가족에게 들켜 너에게 앙심을 품으면?"

"그런 일은 한 번도 없었어!"

"앞으로도 없을까?"

"애 지운 사람들도 여자고, 나도 여자야."

"넌 속도 없니."

태영은 은진의 말뜻을 알아들었지만 애써 모른 체 말을 이었다.

"너도 알잖아. 말만 불법이지 나라에서 알고도 냅둬. 낮에도 수술은 내가 거의 해. 나 혼자 하는 일이 아니야."

"그래도 문제가 생기면 책임은 너만 질 거야."

그 말을 하고 은진은 멈칫, 하더니 시선을 피했다. 태영은 은진을 가만히 바라봤다. 은진의 눈자위가 서서히 붉어지더니 눈물이 차올랐다.

"그런데 우리, 3년 만에 봐놓고 꼭 어제 본 것처럼 얘기하네, 그치?"

태영의 말에 은진이 고개를 돌렸다. 은진의 뺨을 타고 눈물 한줄기가 흘러내려 턱 끝에 고였다.

"울지 마. 이제 겨우 한 달 넘었다며, 괜찮아. 맘의 준비 안 됐으면, 내일이라도 또 와."

"태영아."

"응."

"너, 나 안 미워?"

은진의 얼굴에 눈물이 뚝뚝 흘렀다. 가만히 서로를 바라보다가, 태영이 은진의 목덜미를 끌어안으며 입을 맞췄다. 얼굴을 돌리다, 은진도 눈을 감고 태영의 입술을 씹었다.

"보고 싶었어."

뜨거운 숨을 뱉으며 태영이 말했다.

"조금은 미웠는데, 그래도 보고 싶었어."

은진은 태영의 가슴을 꼭 쥐다가 놓았다. 그리고 울기 시작했다.

"미안해, 태영아. 나 때문에…."

태영은 은진의 뺨을 어루만지다가 가슴팍에 얼굴을 묻었다. 아니야, 너 때문이 아니야, 말하려다 입을 다물었다. 대신 카디건 안 은진의 블라우스 단추를 풀었다. 옷이 벗겨지며 은진의 소매 끝에 걸려 있던 묵주가 함께 던져졌다. 은진의 위에서 온몸을 어루만지고 입 맞추다 고개를 든 순간, 태영은 천장에 둥둥 떠 있는 아기와 눈이 마주쳤다. 민망함에 순간 얼굴이 달아올랐지만, 나가 있으라고 할 수도 없는 법이었다. 날아가는 순간에 태영이 붙잡은 영혼들은, 결코 그 자리를 벗어나지 못했다. 그런데도 한 번씩은 붙들게 되었다. 태영은 교실에, 단칸방에, 화장실에, 수술방에 영혼 하나씩을 남겨놓았다. 그들은 은진에게조차 말할 수 없던 모든 비밀을 말할 수 있는 존재들이 되었다. 죽은 존재들이 곁에 있어서 태영은 조금 덜 외로워졌다. 그게 너무 미안했다. 그래서 그런 순간에도 차마 없애버릴걸, 생각하지 못했다.

착해.

아기가 태영에게만 들리게 입을 깜빡였다. 왜? 숨 가쁘게 은진을 애무하다 말고 태영은 속으로 물었다.

착해, 우리 태영이. 미워도 사랑하잖아.

태영은 차오르는 눈물을 참았다. 모든 것을 아는 귀신들은, 산 사람이 결코 해주지 않던 말들을 태영에게 해주었다. 엄마, 나 착해? 아무리 집안일을 하고 심

부름을 해도 엄마에게 들을 수 없던 그 말. 태영은 이를 깨물고 은진의 허벅지 사이에 얼굴을 파묻었다. 은진이. 산 사람 중에 내가 가장 사랑한 은진이.

"이, 이 마귀 같은 년!"

날카로운 목소리가 날아와 둘 사이를 갈랐을 때, 태영은 고개를 들기도 전에 이미 숨이 멎을 듯했다. 아는 목소리다. 너무 잘 아는 소리다.

"내가… 내가 지금 뭘 본 거야?"

헉헉, 숨을 몰아쉬며 성큼성큼 다가와 은진의 머리채를 낚아챈 건, 은진의 모친이었다.

"이년이 아직도 정신을 못 차렸어! 이년이!"

그는 은진의 양쪽 뺨을 사정없이 후려쳤다.

"니 애비가 널 건드는 건 안 되고 계집애는 상관없니? 미친년. 뭐가 잘못돼도 단단히 잘못된 년."

은진은 맞으면서 계속 잘못했어요, 잘못했어요, 를 반복하며 손바닥을 비볐다. 은진을 때리는 은진 모친의 손목을 붙들려 애쓰던 태영은 결국 그의 가슴팍을 밀쳐버렸다. 쿵, 소리와 함께 타일 바닥에 쓰러진 그는 잠시 멍한 표정을 짓더니 이내 태영을 쏘아보며 비뚜름하게 웃었다.

"그때 그년이잖아? 은진이 같은 반."

태영을 몇 차례 훑어보다가 그는 말했다.

"대학도 못 간 게 의사일 리는 없고… 여기서 일하는구나."

그 말을 하는 순간 그는 아주 의기양양한 표정이 되었다. 같은 순간 태영은 어이, 아가씨, 야, 거기, 로 호명되지 않을 수 있던 유일한 공간, 그러니까 밤의 수술방이라는 한 세계가 깨지는 소리를 들었다.

"너 이러고 다니는 거, 이 병원 의사는 아니?"

삐이. 태영의 귀에 날카로운 이명이 들렸다. 한번 시작된 소리는 멈출 줄 몰랐다. 귀를 막고 주저앉고 싶은 것을 꾹 참고 태영은 숨을 고르며 은진의 어깨를 감쌌다.

"나가주세요."

겨우 할 말을 찾아냈을 때, 은진의 모친은 은진의 팔목을 거칠게 낚아챘다.

"하여간 쫓아오길 잘했지. 죄란 죄는 다 짓고 다녀."

태영은 은진을 끌고 가려는 그를 있는 힘껏 막았다. 오늘 밤 집으로 돌아가면 은진에게 무슨 일이 있을지 너무 잘 알아서.

"놔! 내 딸이야!"

태영과 한참을 밀고 당기던 그가, 한순간 거세게 태영을 떠밀었다. 넘어지지 않으려고 자신을 미는 이의 가슴팍을 움켜쥐었지만 태영은 결국 저 끝 냉동고에 부딪히며 쓰러졌다. 잠시 잃었던 정신을 차렸을 때, 태영의 손 안엔 끊어진 목걸이의 금줄이 있었다. 십자가 모양 펜던트가 그 끝에 매달려 대롱거렸다. 은진은 사라졌다. 텅 빈 수술실 안엔 부연 아기 형상 하나만이 걱정스러운 얼굴로 떠 있었다.

은진의 엄마까지 없앨 수 있는가.

은진이 삐삐로 남긴 메시지를 보고 난 후 태영은 계속 생각했다. 생각하면서 환자를 맞고, 대리 수술을 하고, 또 어느 밤엔 여자 하나를 살리고 태아 하나를 없앴다. 바닥에 엎드려 피를 닦으면서 중얼거렸다. 은진의, 엄마까지, 없애도 되는가. 아니, 그래야 하는가. 505. 은진이 보낸 숫자였다. SOS. 또래들이 장난처럼 쓰는 삐삐의 암호가 은진에겐, 아니 태영에겐 장난이 아님을 둘은 알았다. 고등학교 2학년 때 처음 한 반에서 만난 은진은 점심시간 교정 나무 아래서 태영의 귀에 속삭였다. 언젠가 내가, SOS 치면, 우리 집으로 와줘. 그날 둘은 새끼손가락을 걸었다. 열아홉 봄. 505,

세 글자가 왔다. 태영은 옆 골목에 있는 은진의 집으로 달려가 초인종을 눌렀다. 대문을 마구 두드려도 답이 없었다. 어떡하지, 발을 동동 구르다 담장을 넘었다. 나뭇가지에 여기저기 몸이 찔린 채로 몰래 현관문을 밀어젖혔을 때, 은진의 집 거실은 불이 꺼져 있고 쥐 죽은 듯 고요했다. 문이 꾹 닫힌 문간방엔 불이 꺼져 있고, 안쪽 두 방엔 불이 켜져 있었다. 은진이네 집은 방이 세 개나 되는구나, 부럽다. 그 말은 순식간에 죄가 되었다. 태영이 용기 내어 그중 한 방의 문을 밀어젖혔을 때, 퀸사이즈 침대 한가운데 한 남성이 은진을 깔아뭉개고 있었다. 벌거벗은 그가 붉어진 얼굴로 뒤돌아봤을 때, 남자의 정수리 위에서는 침대 곁에 걸어놓은 십자가 고상이 고고히 빛났다. 태영은 바로 달려가 그의 사지를 붙들고 있는 힘껏 뒤틀었다. 그 순간 욕설이 터져 나오고, 남자가 사라지더니 잠시 후 남 성기 하나가 성모상 곁을 떠다니다가 소멸했다. 태영에게 그건 중요하지 않았다. 벌벌 떨리는 몸으로, 생생히 살아 있는 은진을 끌어안았기 때문이다. 새아빠가 자꾸 나를 만져, 엄마가 없는 날엔 안방으로 나를 불러. 새오빠는 문을 닫고 나오질 않아. 이런데 내가 엄마 성을 따르지 어떻게 새아빠 성을 따라. 1년 전 은진이 털어놓았을 때 하루 동안 그 말을 생각하다가, 태영은 은진에게 말했다. 너, 더 심한 일이 생길 것 같으면 무조건 도망쳐. 은진의 슬픈 눈에 복잡한 표정이 어렸다. 태영이 잘 아는 표정이었다. 오랜 뒤에도 많은 여자에게서 보게 될 표정이었다. 있지, 애들이 그러는데 삐삐로 505, 를 치면 그게 구조 신호 SOS래. 너는 삐삐 있지? 나도 아르바이트해서 곧 살 거야. 그때 은진은 픽, 웃으며 장난처럼 태영의 가슴을 주먹으로 쳤다. 일주일이 지나고 은진은 말했다. 언젠가 내가 SOS 치면, 우리 집으로, 와줘. 은진의 하얀 얼굴을 보고 태영은 은진의 계부가 하는 짓이 계속되는 것을 알았다.

"새아빠… 아저씨는?"

"그 새끼를 왜 찾아!"

침대 위에서 은진의 물음에 울부짖다가, 태영은 방금 그가 사라지던 풍경을 기억해냈다.

"아까… 갑자기 사라졌잖아."

은진의 말에 한참 숨을 고르던 태영이 답했다.

"나도, 모르겠어… 이렇게 해본 건 처음이야."

문제가 있었다면 두 가지였다. 은진의 계부가 꽤 근사한 회사원이라 갑작스러운 행방불명이 태영 엄마의 자살처럼 아무 일도 아닌 게 되지 못했다는 점. 그리고 친모가 그와 재혼하며 은진의 온 가족이 성당에 다니게 되었다는 점이었다. 은진은 고해성사에 가서 얇은 창을 사이에 두고 신부 앞에 또박또박 고했다.

저희가요, 아빠를 없앴어요….

저희가 누구이지요. 은진의 목소리를 아는 신부는 잠깐의 침묵 후에 물었다.

그게요, 사실 제가요, 동성을 사랑하는 죄도 지었는데요….

시신도 뭐도 없었으니, 한 번도 아이들의 편이 되어준 적 없는 법이라 해도 은진과 태영을 어쩌진 못했다. 그러나 법이 다는 아니었다. 반짝이는 십자가 목걸이를 차고, 한쪽 팔에 딸을 질질 끌고 나타난 은진의 모친은 술에 취한 태영의 부친 앞에서 태영을 죽기 전까지 때렸다. 태영의 부친은 꼬부라진 발음으로 저년 밖에서도 깨지는구만, 맞아야 돼 저년은. 하며 추임새를 넣었다. 은진은 전학을 갔고, 학교엔 소문이 났다. 장학금을 받아서라도 대학에 가라고 태영을 격려하던 담임은 진학 상담 시간에 창밖만 바라보았고, 태영은 공부를 놓았다. 다행이라고 애써 생각했다. 장학금 받고 돈 벌면서 학교 다녀서 뭐 해, 더구나 여자가. 그리고 노트를 꺼내 졸업 후 취직할 곳을 적어 내리기 시작했다.

    태영은 은진을 원망하지 않았다. 다만 마음이 아플 뿐이었다. 고작 3년이지만 성인이 되고 허구한 날 피바닥을 닦으며 이제는 어릴 때와 달리 대처할 자신도 있었다. 두려운 것은, 그가 다름 아닌 은진의 엄마, 이기 때문이었다. 한 번도 사랑한다고도 착하다고도 말해주지 않은 태영의 엄마가 옥상에서 떨어져 죽었을 때, 늘 멍들고 우울한 얼굴로 걸레질 몇 번을 하다 울던 엄마가 떨어져 죽었을 때, 태영은 목 놓아 울었다. 처음으로 맞을까 봐 겁내며 울음을 참지 않았다. 아니, 참지 못했다. 가슴이 에이는 듯했다. 너, 딸인 걸 알고 지우라고 소파수술 하러 끌려갔을 때, 내가 무릎 꿇고 할머니랑 아빠한테 빌었어. 그렇게 낳은 애야, 너. 아무렇지 않게 상처 주는 말을 하던 엄마가 죽고 나서 태영은 오래도록, 산산이 부서진 엄마의 몸을 맞추어내는 꿈을 꿨다. 깨고 나면 엄마, 부르며 천장에 손을 뻗었다. 상처를 주어도 우울해도 좋으니 이제는 때리는 남편도 없는 세상에 엄마가 있으면 좋겠다고 생각했다. 그런데 은진은 엄마가 없이 살 수 있을까. 내가 그를 없애도, 괜찮은 걸까. 엄마인데, 엄마인데. 태영은 피 바닥을, 방바닥을, 화장실 타일을 닦다가 고개 들어 귀신들에게 눈빛으로 물었다. 나는 언제나 네 편이야, 태영아. 그들은 다만 그렇게 말할 뿐이었다. 나는 언제나 네 편이야. 자꾸 듣다 보니 어쩐지 그 말은 익숙한 목소리로 들렸다. 똑같은 말을 들으며 걸레질을 하던 어느 날 문득, 은진은 걸레를 떨어트린 손으로 입을 틀어막았다. 태영아, 엄마는, 언제나 네 편이야. 옥상에서 떨어지기 전날 밤, 태영은 그 목소리를 들었다. 다음 날 새벽 경찰이 문을 두드려 깬 후로 정신없이 나날이 흐르며 잊고 있다가 기억이 났을 땐, 그것이 꿈이리라 생각했다. 꿈결에서나 들을 말이었다. 태영은 구정물이 묻은 손으로 뺨을 더듬었다. 퀴퀴한 냄새가 났다. 기억났다. 잠결에 엄마의 그 말을 듣던 밤, 엄마가 몸을 돌려 곁에 붙을 때 따뜻한 체온이 느껴졌다. 그리고 엄마 냄새가 났다. 태영은 자신의 팔과 다리를 더듬더듬 어루만져보았다. 더러운 물이 묻었지만, 탄탄한 근육이 생생하게 느껴졌다. 나, 이렇게 살아 있구나. 엄마가 나를 지우지 않아서, 그때 지워지지 않아서 나는 많은 것을 지우는 사람이 됐구나. 지워야 할 것을 지우는 사람이 됐구나. 중얼대며 벌떡 일어선 태영은 수도를 틀고 손을 씻었다. 처음엔 꿈인 줄 알았어, 근데 있지, 눈감고 꾹 참고 있는 내내 술 냄새가 났어… 엄마가 나간 밤엔 아저씨가 양주를 마셨거든, 있잖아, 꿈에선 냄새가 안 나잖아… 어린 은진의 목소리가 귀에 왱왱 울렸다. 니 애비가 건드는 건 안 되고… 얼마 전 들은 이의 성난 목소리도 귀를 찢을 듯 울려왔다. 은진의 엄마는, 은진의 편이 아니었다. 그러니 그는, 은진의 엄마지만 엄마가 아니었다. 잊지 않으려 되뇌며 손에 비누칠을 하고 또 헹구어냈다. 밖으로 나가 물기를 터는데, 삐삐가 울렸다. 액정엔 1024, 네 글자가 떴다.

영원히 사랑해.

태영은 발신자를 보지 않아도 누가 보낸 것인지 알 수 있었다. 침대 밑 신발 상자를 꺼냈다. 옛 일기장, 편지들, 그리고… 전학 가던 날 은진이 필통 속에 넣고 간 쪽지가 있었다. 꼬깃꼬깃한 노트 조각엔 번진 샤프 글씨로 주소 한 줄이 쓰여 있었다. 태영은 종이를 다시 쪽지 모양으로 접어, 외투 주머니에 넣었다. 외투를 입고 나가 버스 정류장 앞에 섰다. 추워서 몸을 떨면서 영원히 사랑해, 하는 문장을 계속 발음해보았다. 태영에게 사랑은, 그 사람을 구하는 일이었다. 그게 죄라면 죄를 지을 수 있었다. 308번 버스가 덜컹이며 다가왔다. 은진의 집으로 갈 시간이었다.

날이 어둑해지고서야 태영은 은진을 만났다. 쓰레기봉투를 들고 모퉁이를 도는 은진의 손목을, 태영이 잡았다.

"태영아!"

은진은 놀란 기색으로 언제부터 여기 있었어, 묻다 말고 멈칫하더니 꽁꽁 언 태영의 손을 만지작거렸다. 태영은 말없이, 곱은 손으로 은진의 헐렁한 스웨터 소매를 걷어 올렸다. 팔목에 선연한 멍 자국이 보였다.

"은진아."

태영은, 쓰레기를 내려놓고 자신의 앞에 쭈그려 앉는 은진의 어깨를 꼭 그러쥐었다.

"우리, 도망가자."

은진은 답이 없었다.

"은진이 너, 나한테 그랬지? 뭐 하고 사는 거냐고. 너는 어떤데? 애는 지웠어? 도대체 어떻게 할 거야? 아직도 너를 때리고 외출하면 뒤쫓는 식구들하고 살면서 너, 어떻게 지내왔어?"

태영이 궁금한 건 그뿐이었다. 은진이 자신은 가지 못한 대학을 다니는지, 자신처럼 고된 일을 하며 지내는지, 아이는 어쩌다 생겼는지, 그건 나중 문제였다.

"은진아, 나 너를 오래도록 기다렸어."

태영은 차갑게 언 손으로 은진의 몸을 더 힘주어 붙들었다.

"지금이 아니면 안 돼. 은진아, 우리 도망가자. 애도 지우고, 가족이란 이름 가진 사람들도… 지우고, 다 지우고서 도망가자."

"어떻게?"

은진이 울먹이는 눈으로 무력하게 뱉었다. 질문이 아니었다.

"내가, 할게. 내가 다 지워줄 테니까, 너는 그냥… 도망만 가."

은진이 태영의 눈을 피했다. 무서워… 은진은 눈으로 그렇게 말하고 있었다.

"어떻게 또 태영이 너를….."

신음처럼 말하며 고개를 돌리는 은진의 눈에 눈물이 맺혔다.

"은진아, 너 나한테 미안하지?"

태영은 은진의 뺨을 감싸 쥐어 눈을 맞췄다. 그리고 눈동자를 똑바로 보며 말했다.

"미안했으면, 이번엔 안 미안하게 하면 돼. 다른 여자들이 그런 것처럼, 나한테 오렌지나 사다주고 같이 비밀을 지키면 돼. 그거면 나는 됐어."

은진의 눈동자가 흔들렸다.

"태영아, 그냥 비밀을… 그냥 안 만들 순 없어?"

태영은 이를 꽉 깨물었다.

"안 만들 수 없냐고? 있지. 근데, 그럼 너는 비밀 없이 도망칠 자신 있어? 아니면 도망치지 않고 살 자신이 있어? 남자 없이 애를 낳고, 지옥 같은 집에서 얻어맞으면서? 너, 그렇게 나 대신 끔찍한 인간들이랑 살아갈 자신 있냐고."

그때 적막한 저녁 골목에 끼이, 대문 열리는 소리가 들렸다. 은진과 태영은 동시에 흠칫 놀랐다. 은진이 몸을 떨며 고개를 내저었다. 태영은 은진의 손목을 이끌고 달리기 시작했다.

태영과 은진은 손을 잡고 한참을 달렸다. 태영이 사는 상가 건물에 도착해 계단을 또 한참이나 올랐다. 조그만 방에 들어서 문을 닫자마자 태영은 현관에 털썩 드러누웠다. 머뭇대던 은진이 태영의 옆에 무릎을 끌어안고 앉았다.

"작지, 우리 집?"

태영이 말했다.

"그래서 한 번도 못 데려와봤네, 옛날엔."

"아늑하다."

피식, 태영이 웃었다. 그러고는 은진의 뺨을 한 번 만지고 일어서, 몸만 틀면 나오는 가스레인지로 갔다. 주전자에 물을 올리고 돌아서자, 은진이 굴러다니던 비닐봉지 하나를 품에 안아 얼굴을 묻고 있었다.

"많지? 오렌지야. 먹을래?"

"미안. 맛있어 보여서… 내가 깔게."

은진은 오렌지 하나를 꺼내 껍질을 벗기려 애썼다. 태영은 더운물을 컵 두 개에 나눠 따르다 말고 은진에게 다가갔다. 과일 위에서 헛도는 은진의 손에 제 손을 포갰다. 검지와 검지가 바스락대며 서로를 스친다. 한참이나 가만히 손등을 쓰다듬던 태영이 손이 은진의 손에 깍지를 끼자, 오렌지가 바닥으로 굴러떨어졌다.

"은진아, 이젠 더는 도망가지 마."

입을 달싹이던 은진이, 조그맣게 웃으며 고개를 끄덕였다. 붉은 뺨에 보조개가 쏙 들어갔다. 보조개라는 건 나이가 들어도 변하지 않는구나, 태영은 생각했다.

"그럼… 난 이제 뭘 하면 돼?"

"비밀을 지키면 되지."

태영은 은진의 어깨에 기대며 씩 웃었다. 은진이 살그머니 새끼손가락을 내밀었다. 태영이 손가락을 마주 걸었다. 그리고 입술을 모아 휘파람을 불었다.

까아.

털이 반짝이는 까마귀 한 마리가 허공에 나타나 오렌지 위로 포르르 날아 앉았다. 까마귀는 오렌지 과육에 부리를 콕, 박더니 껍질을 한 겹씩 벗겨냈다. 태영이 눈을 동그랗게 뜬 은진의 입에 오렌지 한 조각을 넣어주었다. 볼을 우물대던 은진이 일순 눈을 찡그렸다. 빙그레 웃으며 태영이 물었다.

"어때?"

"셔… 새콩해."

"새큼하다고? 그래, 생각보다 시지?"

태영도 오렌지 한 조각을 입에 물었다.

"이거, 내가 받아온 비밀 값이야."

그렇게 귓속말할 때, 은진은 오렌지 향이 짜릿할 만큼 향기롭다고 느꼈다.

"나는 이제, 이걸 물고도 똑바로 말할 수 있어…. 연습했거든."

칼날 같고 무사한 나날이 이어졌다. 시간을 끌면 좋지 않다는 경고에도, 은진은 아이를 지우는 일에 선뜻 동의하지 않았다. 혼자 하는 수술에서 마취까지 하는 것은 감당 못 할 일이었거니와, 밤의 수술실엔 남자의 동의는 필요 없어도 여자 본인의 동의가 무엇보다 중요했기에 태영도 한숨을 쉬는 수밖에는 달리 길이 없었다. 상가의 옥탑방에 은진을 숨겨놓고 태영은 낮이면 병원에서 환자들을 보고, 처방전을 내밀고, 처음 하는 검사에 다리를 벌리고 울먹이는 여자들의 손을 잡아주고, 가격을 듣고 흔들리는 눈의 주인들에게 쪽지를 몰래 건넸다. 낮에는 의사가 허락한 불법 시술을 하고, 밤에는 강간당한 여자들이 허락한 불법 시술을 했다. 그리고 오렌지를 받아 들고 은진이 있는 방으로 돌아갔다. 월급으로 사기에는 조금 비싼 과일, 그게 태영과 은진을 짓누르는 비밀의 값이었다. 둘은 새큼한 오렌지 한 쪽씩을 물고서 서로에게 또박또박 말하려 애썼다. 나, 사실 간호대에 갔어. 그런데 복학을 할 수 있을지 몰라… 은진이 말하던 날, 태영은 입속 오렌지 대신 혀를 깨물어버렸다. 엄마는, 내가 하게 될 일이 종일 서서 환자들 똥오줌 받아내는 일이라 하면서도 내가 간호사가 되길 바라. 등록금을 버느라 일하는 게 얼마나 힘든지 알면서도 내가 졸업을 하길 바라. 그런데 어떻게 될지, 하나도 모르겠어… 은진이 다만 그렇게 말했을 때, 태영은 말없이 은진을 끌어안았다. 그래도, 간호사는 전문직이잖아. '아가씨'도 '저 여자'도 아니고 '간호사님'이잖아. 태영의 말에, 은진은 물끄러미 태영을 바라봤다. 병원에 실습을 나간 적이 있어. 그때 나는, 태어나서 제일 많은 언니 소리를 들었어. 태영은 할 말을 잃어 잠잠히 있다가 다른 말을 물었다. 은진아, 너… 학교에서 마취에 대해서도 배웠니? 그 후로 은진은 태영과 함께 밤의 수술실로 출근했다. 약품을 빼돌리는 일은 차원이 다른 위험부담을 안고 있었지만, 수면 마취에 든 여자들은 괴로운 얼굴로 천장을 보는 대신 눈을 편히 감고 있어서 태영은 기꺼이 그렇게 했다. 오렌지 덩이만 한 아이가 부서져 몸 밖으로 나오면, 여자들은 오렌지 한 봉지를 둘의 품에 안기고 부스스한 얼굴로 평안히 떠났다. 태영은 조각난 조직들을 맞춰 쓰다듬고 알코올을 조직들 위에 발랐다. 아기 모양을 한 세포 하나가 둥실, 떠오르면 은진은 천장을 가만히 쳐다봤다. 태영은 그 모습을 못 본 체하며 엎드려 피를 닦았다. 문을 꼭 잠근 수술실에서, 단칸방에서, 화장실에서 은진과 사랑을 나눌 때 태영은 세포와 까마귀와 고양이와 눈이 마주쳤다. 그럴 때면 그들에게 태영은 늘 눈으로 말했다. 나, 무서워. 내가 아직도 조금은 은진이를 미워해서 무서워. 그런데도 사랑해서 무서워. 그러다 그게 또 죄스러워 은진의 어깨에 입을 맞췄다. 쌉쌀한 알코올과 오렌지 냄새가 몸에 가득 밴 채로 둘은 많은 오렌지를 해치우고 많은 여자를 살렸다. 가끔은 영혼들과도 오렌지를 나눠 먹었다. 살았을 적엔 못 먹어본 과일을 먹은 그들은 두 여자의 작고 초라한 방들에서 춤을 췄다. 춤을 추는 영혼은 몸집이 아무리 작아도 강한 힘을 가졌고, 태영은 그걸 알았다. 그래서 어느 날 까마귀가, 세포가, 고양이가 그 작은 등을 내밀었을 때 망설이던 몸을 일으켜 은진과 함께 올라탔다. 그 순간 그들은 옥탑방과 거기 딸린 욕실의 작은 창 너머로 날아올랐다. 수술실의 단단한 시멘트벽을 뚫고 거리로 날아갔다. 처음으로 마주한 세상에서, 영혼 셋과 사람 둘은 발밑의 아주 작은 세계를 내려 보았다. 교회의 첨탑도, 거대한 성모상도, 종합병원의 맨들한 옥상도 성냥갑만큼 작고 낮았다. 창공엔 오렌지 향만이 가득했다.

처음, 동네 남학생들의 '장난' 때문에 깃이 잘려 죽은 까마귀의 등에 타 옥탑 밖으로 나가고 그다음, 돌에 짓이겨져 죽은 고양이의 품에 안겨 좁고 축축한 욕실 밖을 날고 마지막으로 탯줄에 휘감긴 태아의 등에 올라타 대학병원을 내려다보고 오던 날, 은진은 돌아온 수술실에서 태영에게 말했다. 수술을 하겠노라고. 그런데 간호사들은 간호사들끼리 주사를 놓아줘? 일전에 태영이 물었을 때 은진은 어깨를 으쓱해 보였다. 그리고 그날, 마침내 전처럼 마취 없이 소파에 앉힌 은진의 몸에 기구를 넣으면서 태영은 평소보다 이를 악물어야 했다. 힘겨운 시술이 끝났다. 고생했어, 수많은 여자에게 한 말을 어느 때보다 힘주어 내뱉으며 은진의 손을 잡아주었다. 뒤돌아 기구포 위에 널브러진 태아 조직을 빤히 노려보다가, 그대로 거즈에 싸 의료폐기물 함에 던져넣었다. 그리고 걸레에 물을 흠씬 묻혀왔다. 엎드려서 은진이 흘린 엄청난 피를 미친 듯이 닦기 시작했다. 얼마가 지났을까, 힘없이 앉아 쉬던 은진이 잠긴 목소리로 말했다.

"태영아, 피 다 닦였어…"

그래도 은진은 끝없이 수술실 이 끝에서 저 끝을 오가면서, 무릎을 꿇고 고개를 처박고서 바닥을 할퀴듯 때리듯 닦아냈다. 얼굴이 눈물과 땀으로 범벅됐다.

"태영아… 이제 다 끝났다니까."

은진이 다가와 태영의 손목을 움켜쥐었다. 태영은 그제야 울음을 참으며 걸레를 빨았다. 개새끼. 이제 네가 누군지 알아내리라. 은진이를 이 추운 수술실에 보내고 따뜻한 방에서 자고 있을 너를. 그렇게 다짐하며 수술실을 나섰을 때 쾅쾅쾅, 건물이 부서질 듯한 소리가 들려왔다. 태영은 피와 눈물로 얼룩진 손을 들어 이마의 땀을 닦았다. 쾅쾅쾅. 소리는 계속됐다. 희끄무레 뜬 눈으로 비척대던 은진이 눈을 번쩍 뜨고 태영을 쳐다봤다.

"열어, 열어 이 새끼들아!"

찌찌직, 찌지직. 밖에선 그런 소리도 함께 들렸다.

"안 열어? 안 열면 못 들어갈 줄 알고?"

철문 하나, 유리문 하나로 닫힌 병원의 출입구가 우악스럽게 들썩였다. 은진 엄마의 목소리였다. 태영은 주저앉는 은진을 가까스로 붙들었다. 태영의 다리도 후들후들 떨렸다. 태영은 간절한 걸음으로 수술실에 다시 달려갔다. 나를, 태워줘. 무어라 불러야 할지 모를 존재를 찾았다. 벽을 뚫든 창문을 깨든 우리를 태워서 데리고 나가줘. 하지만 거품 같은 영혼은 보이지 않았다. 그 순간 굉음이 들려왔다. 상황을 파악하기도 전에 누군가가 미친 듯이 수술실로 달려들었다. 은진의 엄마였다. 그는 한 손에 들었던 빠루를 바닥에 던지고 다른 손으로 트레이를 집어 태영의 머리에 던졌다. 얼마나 거세게 던졌는지 태영이 머리를 움켜쥐고 비틀댈 때, 그는 바닥에 주저앉은 딸의 얼굴을 짓밟았다.

"뭐 하는 짓이야…."

덜덜 떨며 노려보는 태영을 바라보는 그의 눈빛은, 조금 전의 분노와는 다르게 어떤 감정도 없이 차분했다.

"또 너구나. 결국, 너구나."

그는 혼자 고개를 주억거리며 중얼댔다.

"그래, 내 그럴 줄 알았어. 끝내 회개하지 않는 영혼들도 있는 거지."

그러더니 불쑥 은진의 뺨을 움켜쥐고서 말했다.

"엄마가, 미안하다."

은진은 눈물이 흐르는 얼굴로 멍하니 제 어미를 바라보았다.

"너를 지켰어야 했는데. 더 멀리 떠났어야 했는데. 저런 악귀가 있는 곳에서…."

그리고 그는 태영에게로 천천히 고개를 돌렸다. 태영은 메스 하나를 겨우 집어 들고 은진의 엄마를 노려보았다.

"너, 떨고 있구나."

은진의 모친은 태영을 보고 웃었다.

"참지 않아도 돼. 어차피 티 나는걸."

태영은 메스를 쥔 손에 힘을 꽉 주었다. 각오했던 일이야. 언제든 오리라고, 결심하고 있었어. 아무것도 아니야.

"예전에, 늬들이 경찰서에 들락대던 때, 네가 뭐라고 떠들었는지 알아…"

그는 은진의 어깨를 꾹 누른 채 조롱 어린 눈빛으로 태영의 수술실을 둘러보았다.

"그런데, 밤마다 수술실에서 뭘 하는 거니?"

그는 천천히 태영에게로 다가왔다.

"이 병원 의사도… 그러니까 여기 주인, 네 고용주도, 네가 여기서 하는 일을 아니?"

태영의 머리채가 은진 모친의 손아귀에 잡혀 확 젖혀졌다.

"야, 이년아. 너는 경찰서에서 나불거린 말은 경찰 아닌 사람은 모를 줄 알았지?"

태영의 가슴이 쿵, 내려앉았다.

"모르는 건 너야. 가장의 그늘이라는 거, 너 아니? 죽어서 하느님 곁에 갔든 이 땅 어디로 숨었든, 애 아빠 힘은 여전하더라. 경찰이 그러데. 사모님, 걱정이 많으시겠어요. 그 은진 양 친구라는 애도 상처가 많은 애라 둘이 찧고 빻고 하다가 망상처럼 몹쓸 얘기도 하고 그런 모양입니다, 하고….”

여자는 태영을 바닥에 팽개치며 소리쳤다.

"내 남편이 그런 사람이었어!"

차가운 바닥에 엎드린 태영의 눈앞이 벌겋게 물들었다. 아무도 피를 흘리지 않았는데, 회빛이 돌아야 할 맨들한 바닥에, 붉게 피가 번져갔다. 없애야 한다, 지금 없애야 한다. 태영은 이제 정말 물리적으로 그를 없애는 것밖에는 다른 수가 없다는 걸 시리게 깨달았다. 부들거리는 손끝을 용기 내어 은진의 모친에게 뻗는 순간, 돌연 짧은 비명과 함께 그의 새까만 동공이 부풀어 오르곤 이내 힘없이 풀렸다. 정수리 위로 분수처럼 붉은 피가 솟구친다. 커다란 몸이 앞으로 풀썩 쓰러졌다. 태영은 천천히 고개를 들었다. 은진이 빠루를 든 양손을 바르르 떨며, 숨을 고르고 있었다.

"태영아."

온통 피를 뒤집어쓴 은진이 벌겋게 다가온다. 주춤, 뒷걸음질 치는 태영에게 은진은 피 묻은 손을 뻗었다.

"태영아, 나… 어떡해?"

태영은 멍하니 바닥과 은진을 번갈아 보다가, 은진을 품에 안았다. 새사랑 병원, 다섯 글자가 노랗게 수놓인 태영의 스크럽복 위로 진득한 피가 스며들었다.

머리를 뒤로, 아래로, 팔과 다리의 자리를 반대로. 태영은 여자의 사지를 뒤틀어 손에 잡았다. 피 흐르는 은진 모친의 얼굴이 바닥에 처박혔다. 넋이 나간 표정으로 주저앉은 은진과 눈이 마주쳤다. 은진아, 봐. 똑바로 봐. 이 사람은, 내가 없앨 거야. 그 남자 때도 그랬듯이. 태영은 여자의 사지를 움켜쥔 손을 있는 힘껏 비틀었다. 우드득, 소리가 나더니 시체가 있던 자리가 하얗게 비었다. 이어서, 남자의 성기를 깨문 입술 하나가 둥실 떠올랐다. 은진이 무릎을 끌어안고 마른 눈으로 그 모습을 보았다. 떠오른 입이 사라지는 것까지도. 태영은 은진 옆에 앉아 어깨를 기댔다. 그것이 은진의 물음에 대한 태영의 답이었다. 태영아, 나 어떡해? 네가 그렇게 물을 때마다, 너를 그렇게 묻게 만든 것들을 없애줄게. 네가 그 질문을 하지 않아도 되게 해줄게. 내가, 처리해줄게. 태영은 바들바들 떨리는 은진의 손목을 잡고 눈을 맞췄다.

"은진아."

은진은 답이 없었다.

"방금 본 거, 그게 진짜야."

"……"

"성당에 가서 또 고해성사를 하게 되면 그렇게 말

해. 경찰이 묻거든 또 그렇게 말해야 돼."

은진은 말없이 태영의 등 너머 바닥에 흥건한 핏자국으로 눈길을 옮겼다.

"태영아."

"……."

"내가… 엄마를 죽였어."

"아니야."

"사람을 죽였어. 엄마를 죽였어."

"아니야!"

은진이 멍한 표정으로, 붉게 물든 손바닥을 태영의 눈앞에 갖다 댔다.

"태영아…."

"정신 차려!"

태영이 울부짖었다. 태영은 은진의 팔을 잡아당겨 세면대 앞으로 갔다. 투명한 물줄기가 쏟아지고, 둘의 손에 묻은 피가 배수구 아래로 가라앉았다. 태영은 걸레를 꺼내왔다. 그리고 바닥에 엎드렸다. 이 끝에서 저 끝으로, 꼼꼼하게. 턱밑으로 흐르는 물을 훔치며, 언제나처럼 뽀드득 소리가 나도록 바닥을 닦는 태영을 은진은 가만히 바라보았다. 그리고 은진도 걸레에 물을 묻혔다. 둘은 꼼꼼히 지워냈다. 바닥에, 천장에, 벽에,

수술기구와 소파에 묻은 핏자국을. 열심히 성실하게 닦아냈다. 태영이 일할 때 늘 그랬듯이. 얻어맞고 만짐 당한 다음 날, 그러니까 거의 매일, 아침의 욕실에서 은진이 그랬듯이. 한참 만에 수술실은 깨끗해졌다. 마치 아무 일도 없던 것처럼. 은진은 물기를 꼭 짜낸 걸레를 든 팔을 떨군 채 하얀 수술실 가운데 멍하니 서 있었다. 등이 서서히 떨렸다. 은진은 매끄럽고 빛나는 천장, 벽, 바닥으로 천천히 시선을 옮겼다. 그리고 울음을 터뜨렸다. 그러더니 바싹 마른 수술실 한가운데 주저앉아 무릎에 얼굴을 묻고 울었다. 태영이 다가와 은진의 귀에 끝없이 말했다.

"괜찮아, 은진아. 괜찮아."

은진의 손을 잡고서, 태영은 너무 울지 않고 또박또박 말하려 애썼다.

"그거, 사람 아니야. 엄마 아니야. 세상이 다 그렇게 불러도, 나는 알아."

그리고 떨리는 은진의 몸을 일으켜 수술실 밖으로 끌고 나왔다. 딱딱하고 좁은 대기실 의자에 둘은 나란히 앉았다. 울먹이느라 일그러진 은진의 입술 밑에, 볼우물 자국이 쑥 들어갔다. 태영은 그 모습을 보다가, 은진이 방금 수술을 마친 환자임을 상기했다. 회복실에서 담요를 가져와 은진에게 덮어주었다.

"은진아, 그거 알아?"

태영은, 떨리는 손으로 은진의 머리를 쓰다듬었다.

"애를 낳는 것만 힘든 게 아니야. 애를 지우고 나도 몸조리가 필요해. 근데 있지, 밤에 여기로 온 사람들은 그럴 겨를도 없이 거리로 나가."

은진이 오열하며 태영의 가슴에 얼굴을 묻었다.

"출산할 때 남편이 늦게 도착해서, 친정엄마가 죽어서, 산후조리 할 시간이 부족해서 서럽게 우는 산모들 옆에서, 나는 그 여자들을 생각해. 마취도 없이 애를 지우고, 죄지은 사람처럼 나한테 오렌지를 내밀고서 추운 바깥으로 쫓겨나는 여자들 말이야. 그리고…."

흐느낌이, 태영의 발음을 뭉개기 시작했다. 그래서 태영은 아주 천천히 힘겹게 숨을 고르며 말해야 했다.

"텔레비전 뉴스가, 신문이, 사람들이 성폭행 피해자를 누군가의 귀한 딸이라고 부를 때마다 나는 그렇게 불리지 못한 여자아이들을 떠올려. 경찰한테도 의사한테도, 엄마 앞에서도 말하지 못하다 밤에 내 앞에 오고서야 가족에게 강간당했다고 말하는 아이들의 얼굴을…."

둘은 서로를 더 꽉 끌어안았다.

"그런 생각을 할 때면 꼭 내가 죄를 짓는 것 같아서 깜짝 놀라. 그런데도 떠오르는 걸 멈출 수가 없어. 나쁘지, 나?"

은진이 눈물 범벅된 얼굴을 들어 태영을 바라보았다.

"그런데 있지, 그게 죄라고 해도… 나는, 그렇게 하게 된다."

은진이 느리게 손을 들어, 태영의 뺨을 닦아냈다. 태영은 은진의 어깨에 풀썩 머리를 기댔다. 그날 밤, 둘은 오렌지를 나눠 먹고 이불을 폈다. 은진은 말없이 까마귀를 쓰다듬다가 태영을 빤히 쳐다봤다.

"태영아."

"응."

"새아빠가 없어지고… 그 사람이 하던 짓을 그 아들이 시작했을 때, 나도 엄마한테 말을 못 했어."

태영은 눈을 꾹 감았다. 그랬겠거니 짐작하는 것과, 수놓은 이름처럼 명료한 진실을 듣는 것은 전혀 다른 일이었다.

"새아빠 얘기를 했을 때 오히려 나를 때리고, 그런 사람이 사라졌다고 나를 화장실도 없는 방에 가뒀는데, 또 엄마한테 그런 말을 하면 무슨 일이 일어날지 무서웠어…."

은진은 마른 눈으로 말을 이었다.

"나는 있지, 무서웠어… 쫓겨날까 봐, 무서웠어. 웃기지? 고해성사 가서 이 얘기를 했을 때, 신부님은 그랬어. 그런 일이 있었다면 어떻게 그 집에 계속 있나요, 거짓말한 죄가 있다면 이 자리에서 털어놓고 사함받으세요, 라고."

그 밤 은진이 잠든 사이, 태영은 은진의 집으로 떠났다. 버스가 끊긴 거리를 발이 부르트도록 걸어 일을 마치고 돌아왔을 때, 예전에 은진이 머물던 양옥집은 엄마뿐 아니라 새오빠도 사라져 텅 비었다. 태영은 작은 장판 위 이불 속으로 조용히 들어가 가족 같지 않던 가족이 사라진 은진의 옆자리를 채웠다. 은진의 옆에 누워 손을 꼭 잡고 잠시 눈을 붙이면서 태영은 생각했다. 오늘은 악몽을 꾸지 않겠다고.

내내 서서 일을 하면 여전히 다리가 붓고 눈꺼풀이 내려앉았다. 하지만 이제 태영에겐 은진이 있었다. 은진과 함께하며 태영은 더 많은 밤에 여자들을 수술했고 더 많은 오렌지를 얻었다.

"언니, 요즘 좋은 일 있어요?"

태영이 직원 휴게실에서 썰어와 데스크 밑에 넣어

둔 접시 위 오렌지를 입에 넣으며 지애가 말했다.

"이 언니, 연애하나 봐."

선화의 말에 태영은 풋, 웃으며 팔뚝을 쳤다.

"그래, 집에 숨겨놨어."

"와, 캡이야. 어떤 남자예요?"

"……"

태영은 말없이 오렌지를 하나 더 물었다.

"우리 병원 언제 잔치라도 해야겠네."

"네?"

선화의 너스레에 지애가 눈을 동그랗게 떴다.

"원장 딸, 얼마 전에 임신했다잖아. 뭐라더라, 시험관인지 뭔지 하더니 드디어 성공했나 봐."

"맞다, 그랬지?"

태영도 그 소식이 기억났다.

"원장 딸이면 대학병원 산부인과 의사한테 수술받고 좋은 병실 묵겠네요. 부럽다."

"우리한테도 좋은 일이지. 지 기분 좋으면 지랄도 덜 하지 않겠어?"

"환자들한테도."

태영이 오렌지를 씹으며 선화의 말을 받았다.

"그러게. 따지고 보면 우리 병원 먹여 살리는 게 딱

한 여자들인데."

"그게 무슨 뜻이에요?"

선화가 말하자, 지애가 눈을 동그랗게 뜨고 선화에게 물었다.

"얘, 솔직히 여기가 무슨 내과니? 감기약 타고 주사 한 방 맞는 사람들은 수당 적게 떨어지니까 쏜살같이 내보내고는 거진 낙태 시술로 먹고사는데."

"그 여자들이 뭐가 딱해요?"

"넌 그럼 안 딱하니? 태반이 강간당하거나 말이 좋아 섹스지 강간 같은 잠자리 하다가 오는 건데."

"강간이면… 산부인과 가서 합법적으로 지울 수 있는 거 아니에요? 왜 우리한테 와요?"

선화가 지애의 어깨를 콩 쥐어박았다.

"그게 쉬운 줄 알아? 내가 강간당했습니다, 증명하는 게? 그거, 결국 애 지운 여자들 빨간 줄 그을 때 면피용으로 박아놓은 구절이야."

그렇게 말하며 선화는 접수대 벽면에 붙여놓은 진료과목 안내 표지를 턱으로 가리켰다.

"병원 이름만 산부인과로 안 하면 되니까, 저렇게 진료과목에 구구절절 적어놓은 것처럼."

"……"

잠시 무언가를 생각하던 지애가 중얼거렸다.

"그럼 여기도 못 오는 여자들은, 어디로 간대요…."

세상이 원래 그런 거라며, 오렌지를 한가득 머금어 시어진 입에 물을 들이붓는 선화 옆에서 태영은 생각했다. 그런 여자들을 위해 밤의 수술실이 있다고. 그곳이 열려 있는 한, 누구도 원치 않는 아이를 낳지 않아도 될 것이었다. 누구도 죄인이 되지 않을 터였다.

그런데, 지애의 여기도 못 오는 여자들은 어디로 갈까…?

수술실 바닥의 피를 닦는 자신의 옆에서 은진이 말했을 때, 걸레를 든 태영의 손이 잠시 멈칫했다.

"그런 건 몰라. 나는 그냥, 여기 오는 여자들을 최선을 다해 살릴 뿐이야."

정적이 감돌았다.

"미안해…. 하나 마나 한 말이었다."

소독 마친 기구들을 꺼내며 은진이 말했다. 내가 더 미안해. 항상 한발이 늦어서, 이곳으로 끌어들여서, 그리고… 너를 사랑하면서 아직 조금은 미워해서. 그 말 대신 태영은 손을 씻고 은진의 손목을 붙들었다.

"은진아, 이제 집에 가자, 우리."

긴 하루가 끝난 고요한 옥탑방 이불 위에 태영은 은진과 나란히 누웠다. 은진의 미끄러운 콧날, 거길 타고 내려가면 나오는 동그란 콧볼, 도톰한 입술… 그 밑에 들어가는 보조개. 하나하나 따로 입을 맞추면 황홀하면서도 닳을까 아까운 존재였다. 은진은 베개 위에 엎드려 책장을 넘기고 있었다.

"재밌어?"

"응."

책에서 눈을 못 뗀 채 끄덕이다 말고, 은진이 품 하고 웃었다.

"야, 네 책인데 왜 나한테 물어."

"우리 책이지."

"뭐야아."

"은진아, 그런 생각해본 적 있어?"

"무슨 생각?"

"우리가 가족이 된다면, 하고 말이야."

"……."

은진의 옆얼굴엔 어떤 빛도 떠오르지 않았다.

"꼭 가족이 되어야 하나? 이렇게 같이 살면 되지."

"그러니까, 내 말은…."

태영은 머뭇대다 머리맡 서랍을 열었다. 압박붕대와

파스 밑에 감춰둔 통장, 그리고 상자를 꺼냈다. 태영은 상자 안 목걸이를 은진이 읽는 책장 위에 드리웠다.

"……."

은진이 책을 엎어놓았다. 태영은 조심스레 다가가 은진의 목에 목걸이를 걸어주었다.

"있지, 은진아. 우리가… 부부가 되면, 어떨 것… 같아?"

은진은 눈을 내려 제 가슴팍 가운데 흔들리는 진주를 바라보았다. 태영은 은진의 손에 통장을 쥐여주었다.

"은진아, 너, 다시 공부해. 졸업해서 병원에 가. 면허 없어도 자격 없어도 할 수 있는 도둑 수술 말고, 면허 따서 너 좋은 병원으로 가. 대학병원이 좋으면 그리로 가고, 그게 힘들면 편한 병원으로 가."

은진은 말없이 목걸이를 만지작거렸다.

"아니, 일하기 싫으면 하지 않아도 돼. 다른 과로 가고 싶으면 그렇게 해. 내가 알아봤는데, 방통대 편입은…"

"태영아."

은진이 잠긴 목소리로 말을 끊었다.

"우리가… 어떻게 부부가 돼."

태영은 흔들리는 눈으로 잠시간 은진을 쳐다봤다.

"그러기 싫어?"

"아니. 그러고 싶어. 그렇게만 된다면 무슨 값인들 못 치를까 싶어."

"그럼 왜!"

"너무 좋아, 너무 좋아서 미치겠는데 태영아… 우리가 결혼할 방법은 없어."

"결혼이 뭐 대단한 거야? 그냥 이렇게 같이 잠들고, 같이 깨고, 서로가 서로한테 유일해지고…, 그게 왜 안 돼?"

"여자랑 여자가 결혼할 수 있는 법이 없으니까! 사람들은… 우리가 그렇게 산다고 우리를 부부라고 불러주지 않아."

"우리가 알면 되지. 우리가 가족이라고, 우리만 알면 되지."

태영은 은진을 힘껏 끌어안았다. 몸을 비틀던 은진이, 태영의 등에 손바닥을 얹었다.

"그래, 그러자. 우리, 서로한테 비밀이 되자."

마침내 은진이 한숨처럼 내뱉었다. 태영과 은진의 입술이 부딪쳤다.

그 아침, 병원엔 경찰이 와 있었다. 사복 차림의 형사는 출근한 태영을 보자마자 능글맞게 웃으며 다가왔다.

"은태영 씨 되시죠?"

"그런데요."

형사는 자기 신분증을 슥 보여주더니 주머니에서 수첩과 볼펜을 꺼냈다.

"서은진 씨, 지금 어딨어요?"

"네?"

"아, 다 알고 온 거예요. 서로 진 빼지 맙시다."

이어 형사가 시신 없는 살인사건이며, 핏자국을 지워도 찾아낼 수 있는 선진 수사기법이며, 일가족이 증발한 후 유일하게 생활반응이 관찰된 은진이 이 동네에 머무는 건 우연이 아니라는 등의 말을 늘어놓을 때도 태영은 예상하지 못했다. 그날 저녁 퇴근하고 돌아간 집에 은진이 없을 줄은. 보랏빛 까마귀만이 날아다니는 방에서 태영은 은진이 놓고 간 삐삐를 멍하니 바라봤다. 은진이 잡혀간 것이다. 그 자리에서 경찰서로 달려가 은진이 구속된 것을 확인했지만, 경찰은 태영이 은진을 볼 수 없다고 했다. 태영은 가족도 변호사도 아닌 사건 관계자일 뿐이라고. 원장은 태영을 볼 때면 불편한 기색을 내비쳤다. 경찰서에 가기 위해 연차를 쓰려는 태영에게 원장이 물었다. 그 이유가, 병원에 찾아왔던 형사와 관계가 있느냐고. 그 일과는 상관없어요, 말을 뱉는 순간 태영은 아득함을 느꼈다. 누구도 말하지 않았고 모두가 알고 있는 사실. 낮에 이루어진 불법 시술에 대해서는 은진과 태영뿐 아니라 이 안의 모두가 공범이라는 것. 그 일 때문이 아니라면 어디서부터 어디까지를 그렇게 말할 수 있을까. 또 그 일 때문이라면 어느 때, 어느 지점부터일까. 태영은 이런 고민 때문에 괴로웠으나 원장은 단지 형사를 포함한 세상에 그 사실을 숨기는 일에만 관심이 있는 것처럼 보였다. 숨 막히는 공기 속에서 나날이 흘러갔다. 어느 아침 대기실에 비치할 신문을 추스르던 순간에야 태영은 그날이 며칠인가를 알았다.

"人面獸心 존속살인, 범인은 간호사를 꿈꾸던 女性이었다."

단신 처리된 박스 기사 위 활자 앞에 태영의 손가락이 멈췄다. 한문 교육을 받지 못한 세대라고 손가락질받던 태영은 헤드라인 속 여섯 글자가 무슨 뜻인지 통 알 수 없었다. 하지만 '간호사를 꿈꾸던'이라는 글자 앞에서 태영이 떠올릴 수 있는 얼굴은 하나였다. 떨리는 눈으로 기사를 읽어 내려갔다. 김정철, 낯선 이름의 기자는 서울에 사는 일가족 실종사건의 범인이 그 집 차녀인 서 모 양이라고, 서 양은 범행 후 여고 동창의 단칸방에 숨어지냈으며 경찰은 거처를 제공한 은 모 양이 범행 사실 일체를 알고 있었는지 조사 중이라고 써놓았다. 태영이 온갖 기관의 번호를 알아내어 울부짖어도, 오렌지를 물고 연습했던 것처럼 차분하게 또박또박 말해도, 어떤 목소리를 내어도 은진을 만나게 해주는 곳은 없었다. 파리한 얼굴로 직장과 경찰서를 오가는 그에게 병원을 그만둬주면 고맙겠다고 원장이 말하던 순간에, 태영의 마음은 무너지지 않았다. 더는 허물어질 자리가 없었으므로. 은진이 구치소에 들어가고도 얼마가 지나서야 면회가 허락되었다. 시체도, 핏자국도 없지만 은진이 자신이 죄를 지었다고 끝없이 고백해서, 어떤 죄를 어떻게 지었는지 누구도 보지 못했고 은진 자신마저 보지 못한 일을 생생히 자백해서, 죄인이 되고서야 은진과 태영은 만날 수 있었다.

"왜 그랬어."

창살과 유리 벽을 사이에 두고 한참을 흐느끼던 태영의 입에서 나온 첫 말이었다. 시간은 흐르고 있었고 골라두고 준비한 말 대신 그 물음이 튀어나왔다. 은진은 눈물이 그렁그렁한 얼굴로 말했다.

"태영아… 울지 마. 여기, 진짜 감옥도 아니래. 재판을 끝내고 유죄가 나오면 그때 진짜 감옥으로 가는 거래."

은진은 머뭇거리다 픽 웃으며 덧붙였다.

"꼭 성당에서 배운 것 같네. 지옥 가기 전에 연옥이 있다더니."

"너, 죄 없잖아. 죄가 없는데, 증거도 없는데, 어떻게 너를 이렇게 잡아가?"

"내가… 다 자백했어, 태영아."

"뭐를!"

"그 사람들이 원하는 말, 다."

"그게 어떻게 증거가 돼! 어떻게 그것만으로 사람을 잡아가?"

흥분한 태영의 머리 위로, 발작을 일으켜 쓰러져가며 몇 시간씩 진술을 해도 성범죄를 당했음을 증명하지 못하던 무수한 여자들이 떠올랐다. 밤의 수술실로 찾아오던 그 많은 여자들이.

"우리가 얻어맞았다고, 추행당했다고, 강간당했다고 신고할 땐 알아서 잘 해결하라더니, 믿어주지 않더니, 갑자기 어디서 나타나서 너를 잡아가? 이럴 때만 네

말이 그렇게 대단해!"

"태영아, 법이 그렇대."

"무슨 법이 그래? 우리가 찾을 때는 없고, 없는 죄까지 더해 벌줄 때만 나타나는 게 무슨 법이야?"

"너도 알잖아. 여기 우리를 위한 법은 없어…."

태영이 뭐라 항변하려 입을 뻐끔대보았지만, 무언가가 목에 턱 걸려 나오지 않았다. 응수할 말을 찾던 태영의 눈에, 시계를 흘끗 보는 교도관이 들어왔다. 가슴에 뜨거운 응어리가 두근거렸다. 태영은 마침내 얼굴을 일그러트리며 울음을 터뜨렸다.

"은진아, 나, 네가 미웠다. 술 처먹고 온 날이면 내가 있는 화장실로 쳐들어와 더듬어도, 그런 것도 아버지라고 없앨 생각을 못 해봤는데, 그런 내가 처음으로 지워본 게 그 새끼였는데. 없던 일로 만들 걸 굳이 굳이 말한 네가 미워서, 그리고 사라진 네가 미워서 쪽지도 안 열어봤었다. 너무 그립고 너무 보고 싶은데, 그걸 사랑이 아니면 뭐라 할지 모르겠는데, 근데도 네가 미워…."

"알고 있었어."

은진은 담담히 답했다. 태영은 처음으로, 귀신들 앞에서만 눈으로 하던 말을 소리 내어 뱉었다. 처음 해보는 발음이 울음에 섞여 뭉개졌다.

"지금도 은진이 네가 미워. 뭔 척을 하려고, 드라마 주인공처럼 말하려고 하는 게 아니라, 그냥 네가 미워. 너는 왜…."

"미안해, 태영아… 정말로 미안해. 근데, 이제 괜찮아… 더는 도망가지 않아도 돼. 다 끝났어."

은진이 말했다.

"너는 있지, 그냥… 비밀을 지켜줘. 이제 나는 그거면 돼."

은진의 1심 공판일이 다가오고 있었다.

태영은 외과 수술실 바닥을 닦으며 생각했다. 이것이 말이 되는 일인지. 새로 취직한 병원 원장은 간호조무사에게 모든 일을 맡기지는 않았으나 여전히 의료인이 해야 할 일 중 많은 것이 태영과 동료들에게 맡겨졌다. 그것이 이상하다는 걸 모두가 알지만, 누구도 말하지 않고 흘러가는 일. 그 일이 끝나고 하얀 타일 위의 빨간 피를 닦으며 태영은 계속 생각했다. 은진이가, 유죄라는 것이, 말이 되는가.

은진은 1심에 이어 2심에서도 유죄를 선고받았다. 성범죄를 당했다고 찾아간 무수한 여자에게 그것은 확실한 증거가 아니라던 법은, 은진의 자백과 주변 상황이 은진이 모친을 살해했다는 증거라고 믿어주었다.

"세상이 어떻게 되려고…."

2심에서 은진이 징역형을 선고받고 교도소로 옮겨 가던 날, 태영은 일을 해야 했다. 병원 대기실의 뚱뚱한 텔레비전을 보며 환자들은 혀를 찼다. 태영은 진료 접수대에서 멍하니 브라운관을 쳐다보았다.

내가 알아! 그 몸뚱이를 없앤 건 나야! 그날 무슨 일이 있었든, 당신들이 은진이가 살인을 했다고 감히 말할 수 있어?

취직 전에 이루어진 1심 공판에 참석했던 태영은 머릿속으로 이 말을 끝없이 외쳤다. 하지만 신 과육을 머금은 것처럼, 입술을 빼끔거려보아도 소리는 말이 되어 나오지 않았다. 법복을 입은 법조인들과 양복을 빼입은 사람들, 그리고 경찰 제복을 입은 사람들로 가득한 법정 안에서 방청석의 태영은 무거운 공기에 짓눌려 있었다. 푸른 수의를 입고 부스스한 머리를 질끈 묶은 은진이, 수갑을 차고 걸어 나가면서 태영을 바라보았다. 태영은 또 입을 벌려보았다. 은진아! 하다못해 세 글자라도 외치고 싶었다. 하지만 목소리는 나오지 않았다. 그날 법정에서 은진은 풀려나기 위해 태영의 이름을 꺼내지 않았다. 비밀은 완벽히 지켜졌고 귀가한 태영은 텅 빈 방에서 팔로 눈을 가리고 마냥 누워 있었다. 다음 날 태영은 무가지를 가지러 밖으로 나갔다. 구인 광고를 훑던 태영의 손가락은 로컬 외과 직원을 모집한다는 글자 위에 멈추었다. 적어도 외과에 가서 수술을 하면, 지켜야 할 비밀이 하나쯤은 줄어들 것만 같았다.

새 병원은 이전 병원처럼 소개를 받고 오는, 임신중절을 원하는 환자들이 자주 드나들지 않았다. 하지만 그곳에도 원치 않는 임신을 한 여자는 찾아왔다. 처음 그런 환자가 왔을 때, 태영은 조용히 가격을 말하는 원장 앞에서 흔들리는 여자의 눈을 보았다. 그리고, 데스크로 돌아가 메모지를 잠시 내려다봤다. 펜을 들어 익숙한 문구를 적어 내려가는데, 손에 힘이 들어가지 않아 글씨가 마구 흔들렸다.

'오렌지 한 봉지만 사 오시면 지워드려요.'

태영은, 잠시 멈추었다가 글자 위에 두 줄을 죽죽 그었다. 그리고 그 밑에 다시 적었다.

'오렌지보다 비싸고 의사보단 싸게 해드려요.'

그날 밤 태영은 처음으로 돈 봉투를 받고 소파수술을 했다. 변호사사무실을 찾아갔을 때, 은진이 간호대가 아닌 대학이라도 다시 가게 하겠다며 내민 통장 속 액수로는 감옥에 갇힌 은진을 구해낼 수 없다는 사실을 태영은 깨달았다. 그 밤 시술이 끝나고 태영은 봉투 안에서 오렌지 하나를 꺼내주지도, 이전처럼 여자들의 손을 잡아주지도 않았다. 조용히 청소를 마친 태영은 비틀대며 옥탑으로 돌아갔다. 멍하니 아무것도 깔지 않은 자리에 눕는데, 온 방 안이 까맸다. 걱정스러운 얼굴로 내려앉는 까마귀를 내쫓으며 태영은 텅 빈 눈으로 돌아누웠다. 마음속에서 무언가 우수수 빠져나가 버린 것 같은데, 그게 무엇인지 알 수 없었다. 눈물이 나지 않았다. 아득히 눈을 감았다. 숨을 쉬기가 어려웠다. 너무 많은 비밀이 태영의 가슴을 짓눌렀다.

그냥, 비밀을 안 만들 수는 없어?

그때 들려온 소리에 태영은 눈을 번쩍 떴다. 두리번거리다 방 안에 있는 유일한 존재와 눈이 마주쳤다. 까마귀는 꾹 다문 부리로 보랏빛 털을 다듬고 있었다.

우리가 사는 일이 언제까지 비밀이어야 해?

베개로 귀를 막아보아도 소리는 계속 들려왔다. 태영은 쭈그린 채로 몸을 덜덜 떨었다. 그러다 일순 깨달았다. 목소리의 주인이 다름 아닌 은진이라는 것을.

그냥, 비밀을 안 만들 수는 없어? 젖은 눈으로 바라보던 은진의 말을, 태영은 그제야 곱씹었다. 희뿌옇고 보랏빛을 띤 까마귀가 공기처럼 총총 뛰어 태영에게 다가왔다.

"세상 사람들은, 내가 하는 모든 일이 죄다 죄라고 해! 그러니까 비밀을 안 만들면, 어떻게 하지? 은진이를, 그리고 나를 찾아오는 사람들은 어떻게 하지? 나는, 그렇게는 살 수가 없어. 그걸 모른 척하고서 멀쩡히 살 수가 없다고!"

태영은 어떤 부피도 느껴지지 않는 새의 몸뚱이를 붙들고 부르짖었다.

"너는 모르지? 살아 있다는 게 얼마나 무거운 일인지. 고작 위로 몇 마디로, 아니 하늘을 날아봤자 달라지는 건 하나 없는 게 살면서 겪는 고통인 걸 모르지?"

까만 눈을 끔뻑이며 태영을 바라보던 까마귀가 눈으로 말했다.

그래, 나는 몰라. 미안해.

쿵, 마음 어디서 그런 소리가 났다. 태영의 눈이 흔들렸다.

태영아, 나는 네 마음을 다 몰라. 나, 밉지?

태영은 손바닥으로 얼굴을 감쌌다.

우리 태영이, 착해. 미워도 사랑하잖아….

그 순간 태영은 비로소 울음을 터뜨렸다. 그제야 숨통이 트이고, 처음 태어나 울지 않던 아이가 의사의 손바닥에 엉덩이를 맞고 울 때처럼 태영은 주먹을 꼭 쥐었다. 뿌연 눈앞에 작은 방의 풍경이 다시 펼쳐졌다. 몸을 떨고 울면서 태영은 기억했다. 모두가 무언가를 만들어내고 싶어 하는 세상에서 어째서 지우는 일을 그리도 놓지 못하게 되었는지. 엄마는 온갖 건물의 청소를 하며 태영을 키웠다. 경제활동을 하지 않고 폭력을 쓰는 부친의 곁에서 엄마는 점점 메말라갔다. 시든 잎처럼 우울한 엄마 곁에서 태영은 일찌감치 어른이 되는 법을 배웠다. 나이가 진짜 어른에 한 걸음 가까워질수록, 그만큼 태영은 엄마를 더 이해할 수 없었다. 언젠가부터 둘 사이엔 더 많은 침묵이 감돌았다. 무릎에 얼굴을 묻고 울면서 태영은 알아차렸다. 사라지기 전 마지막 밤에 엄마가 했던 말들을 애써 꿈이라 지우고 살아왔음을. 그 말이 얼마나 많은지 아직도 다 기억해내지 못했음을. 미워도 사랑할 수 있고, 이해하지 못해도 함께할 수 있는 사람이 있었다는 걸. 사랑하지만 미워하고 이해하지 못할 수 있다는 걸. 그때 전화벨이 울렸다. 얼굴 가득 흐른 눈물을 닦아내고 태영은 숨을 골랐다. 그리고 엉금엉금 기어가 수화기를 들었다.

"여보세요?"

"언니."

수화기 너머에선 익숙한 목소리가 들려왔다.

"언니, 저 지애예요."

태영은 턱에 수화기를 끼고 머리를 벽에 댔다.

"언니, 저는… 도저히 혼자서는 시술을 할 수가 없어요."

무슨 말을 하는 건지 알 수 없었다.

"이제, 여기서 수술할 돈도 없는 사람들은 밤에 갈 수술실이 없어요."

"지애 씨, 지금…."

"언니, 손에 만져지기만 하면 아직 사람이 아닌 태아여도 떼어내면 살인이라 말하는데, 만져지지 않으면 아무리 혼자 외로워도 지켜주는 법이 없네요."

"지금 무슨 말을 하는 거야!"

"언니가 그랬죠? 모자보건법은 모자를 보호해주는 법이 아니고 의료법은 환자를 보호하는 게 아니라고요. 언니, 저는 그런 법 밑에서 일하고 싶지가 않아요."

"……."

"언니, 와서 도와주세요. 저는 할 수가 없어요."

"뭐를? 지애 씨, 지금 나 협박해요?"

"부탁하는 거예요, 언니. 더는 밤에 수술하지 않잖아요. 이제 보내줘요."

"……!"

태영은 떨리는 양손으로 수화기를 붙잡았다.

"너! 어떻게 알았어? 언제부터? 어떻게 여태…."

"아기 모양 귀신이 알려줬어요."

태영은 수화기를 놓칠 뻔했다.

"언니가 만드셨잖아요. 언니, 언니가 보내주세요. 지워주세요. 그걸 원한대요…."

차분하던 지애의 말끝이 흔들렸다.

"매일, 제 귀에 대고 울어요."

전화기를 내려놓고 멀거니 있던 태영은 천천히 일어섰다. 그리고 방을 돌아보았다. 그러다 까마귀 앞에 무릎을 꿇고 만져지지 않는 깃털을 쓰다듬었다.

나, 한 번만 도와줄래?

까마귀가 태영을 올려다봤다.

병원으로 가줘. 수술실로, 지금.

그렇게 멀리 가면 돌아올 수 없어.

그렇게 답하는 까마귀를, 태영은 물끄러미 바라보다 끌어안았다.

알아, 그러니까 마지막으로 부탁할게.

태영은 까마귀의 등에 올라 하늘을 날았다. 전봇대가, 가게와 가정집의 지붕들이 아주 조그맣게 보였다. 저 멀리 교회 첨탑과 대학병원의 간판까지도. 바람을 온몸으로 맞는데 이상하게도 춥다는 느낌이 들지 않았다. 문이 잠긴 상가 건물 4층, 새사랑 병원의 수술실이 위치한 시멘트벽을 뚫고 들어가 차가운 타일 위에 태영과 까마귀는 내려앉았다. 바닥에 앉은 태영이 손을 내밀자, 까마귀는 거기 콕, 부리를 박고 뺨을 부비더니 반짝이는 눈을 태영과 맞췄다. 그리고, 돌아서 그대로 벽을 넘어 날아갔다. 태영은 까마귀가 뒤돌아보지 않고 떠나간 벽을 한참 바라보다가, 천천히 고개를 돌려 천장을 올려보았다. 둥실, 아기 모양을 했으나 아기는 아닌 무언가가 떠 있었다. 태영은 느리게 팔을 뻗어 그것을 잡았다. 똑. 과일이 나무에서 떨어지듯 탯줄에 칭칭 감긴 그것이 태영의 품에 안겼다. 태영은 빛깔 없는 그것을 묵묵히 내려 보았다. 딱 오렌지만 한 크기였다. 너무 오래 남겨놓았구나. 그런 생각을 하며 태영은 한 손으로 벽을 짚었다. 출렁, 단단한 벽이 흔들리더니 까만 밤거리가 보였다. 태영은 그 너머로 팔을 뻗고 손을 놓았다. 탯줄과 태반에 싸인 오렌지만 한 덩어리가 잠시 태영을 돌아보다, 고개를 돌렸다. 그리고 산산이 부서지며 날아갔다. 태영은, 금세 다시 시멘트로 채워진 벽을 더듬어보았다. 수없이 많은 피를 닦아낸 벽과 바닥이었다. 그때 걷잡을 수없이 기침이 터져 나왔다. 바닥에 엎드려 쿨럭이는 태영의 입에서 오렌지색 토사물이 쏟아졌다. 그 순간 태영은 입술이 움직였다. 말들이 떠올랐고 더는 무언가가 목구멍을 막지 않았다. 수술실 문을 젖히고, 잠금장치를 열고 병원 밖으로 나가 계단을 뛰어 내려갔다. 공중전화 부스로 들어가 주머니를 뒤진 태영은 동전 두 개를 꺼내 전화기에 넣었다. 112, 세 글자를 누르며 긴급 전화는 전화비가 들지 않던가 생각하던 태영은 그런 생각이 어처구니없어 그만 웃을 뻔했다.

"예, 경찰입니다."

"……."

"말씀하세요."

"저, 자수를 하려고요."

경광등을 울리는 차를 타고 나타난 경찰 둘은 태영과 함께 밤의 병원으로 올라갔다. 환히 불이 켜진 채 열려 있는 수술실로 들어선 태영은, 기물들을 바라보며 말했다. 여기서, 제가… 그러니까, 서 씨의 시신을 처리해 의료폐기물에 합쳤습니다. 말없이 눈짓을 주고받던 경찰들은 태영의 손목에 수갑을 채우며 무어라 웅얼거렸다. 낱말들은 오렌지 과육처럼 뭉개져 하나도 들리지 않았지만, 태영은 잠잠히 경찰차에 올랐다. 더는 비밀을 지키지 않을 시간이었다.

"그러니까 시신을 어디 넣었다고요?"

태영은 취조실 안 환한 조명 아래 자신이 그린 수술실 내부를 내려 보았다. 종이 귀퉁이 그려놓은 상자에 손가락을 갖다 댔다.

진술을 받아적던 경위는 손가락에 낀 볼펜으로 테이블을 두드렸다.

"그러니까 고등학교 때의 일이 원한이 되던 차에 서은진이를 우연히 만났고 본인과 함께 살자고 꼬드긴 다음 딸을 찾는 모자를 수술실로 유인하여 살해했다…라고."

그는 한숨을 푹, 쉬더니 태영을 빤히 쳐다봤다.

"그래서 서은진이는 왜 지가 엄마랑 오빠를 죽였다고 그랬대요?"

"……"

"아가씨, 그것만 기억해내면 된다니까?"

경위는 테이블 위에 다리를 올리며 비스듬히 누웠다.

"아무튼, 그쪽 말보다 서은진이 말이 더 그럴싸하다, 이거야. 다 좋은데 그 아가씨가 나서서 공갈을 친 이유가 없으면 그림이 안 나오지. 생각해보라고."

태영은 숙인 고개 위로 남자를 빨갛게 올려다보았다.

"제가 거짓말을 할 이유도 없지 않나요."

남자는 눈이 둥그렇게 뜨더니 이내 너털웃음을 터뜨렸다.

"아니, 그럼 증거를 갖고 오라고요, 증거를."

"제 말은 증거가 될 수 없나요?"

"증거가 되려면 그럴싸하게 그림이 만들어져야지, 아가씨 말 믿고 잡아갔다가 나중에 어디서 시신이라도 찾으면 어쩌라고? 범행도구를 어디 버렸는지도 말 못하면서?"

태영은 반나절 만에 경찰서에서 풀려났다. 그들은, 태영의 죄를 찾을 수 없다고 했다. 처음 듣는 말이네요, 말하며 입꼬리가 삐뚜름히 올라가려는 것을 태영은 간신히 참았다. 하얀 거리로 나서니 입김이 나왔다. 지붕 밑에서 태영은 눈이 내리는 하늘을 가만히 올려보았다. 그리고 맡겼던 가방을 고쳐 매고서 정문을 향해 걸어가기 시작했다. 눈에 발이 푹푹 빠졌다.

"언니!"

경찰서 정문을 나와 모퉁이를 도는 순간 앞을 막아선 건 다름 아닌 지애였다. 태영은 멍하니 지애를 바라봤다. 눈앞에 나타난 것이 지애가 아닌 누구였더라도 놀라지 않을 터였다. 은진이 세상으로 다시 나온 것이 아니라면, 죽은 사람들이 살아 돌아왔다 해도 마찬가지였다.

"언니, 이게 대체 무슨 일이에요."

태영의 손목을 붙들고 지애가 떨리는 목소리로 말했다.

"얘, 그걸 뭘 따져 물어. 눈 오는데 얼른 집에나 가지."

지애의 뒤에는 선화가 서 있었다.

"언니, 우리 집으로 같이 가요."

선화의 집은 따뜻했다. 도착하자마자 선화는 부엌으로 가 냄비 가득 국수를 끓여왔다. 셋은 말없이 상 위에 머리를 맞대고 국수를 먹었다.

"따뜻하죠? 언니 온다고 불 올려놨어요."

"……."

"언니, 감옥이 뭐가 좋다고 거길 가려 해요?"

선화가 컵에 물을 따르며 말했다.

"울 아빠가 빚 못 갚아서 들어가봐서 알아요. 거기, 되게 춥고 멀어요. 감옥 갈 각오까지 하고 남들 살려 놨는데, 정작 엉뚱한 일로 들어가게요? 가지 마요, 언니. 무조건 아닌 거예요, 언니는. 어떤 증거를 들이밀어도 모른다고 하세요."

태영은 손바닥에 얼굴을 묻었다. 그런 곳에 지금 은진이 있었다.

"밤에 한 수술이고, 귀신이고 괴물이고, 다 몰라요, 우리는."

가슴속 어딘가가 내려앉았다.

"왜… 여태 모르는 척했어?"

"같이 하자고 나서기엔 비겁하고, 아는 척할 만큼은 안 비겁해서요."

선화는 무표정한 얼굴로 발가락을 꼼질거렸다. 퍼뜩 머리를 스치는 생각에 태영은 고개를 쳐들었다.

"네 눈에도, 그게 보였니? 그럼 원장도 알아?"

"몰라요, 나는. 지애가 첨 왔을 때 실수를 하도 해서 남아서 공부라도 하고 가라 했더니 진짜 퇴근을 늦게 했더라고요. 그때 봤대요, 저녁이 되니까 뭔 덩어리가 나왔다나."

태영은 지애를 쳐다봤다.

"언니, 저도요, 아무것도 몰라요. 밤에 그런 수술을 해야 할 만큼 절박한 여자들이 있다면 왜 법이 지켜주질 않는지, 귀신은 어디서 왔고 어디로 가는지, 언니가 왜 친구 대신 감옥에 가려 하는지."

지애는 말했다.

"근데요, 그러니까 잘난 사람들처럼 이건 잘했다 판단하는 건 못 해도요, 언니를 혼자 두지 않을 거예요."

"언니가 감옥 가면 따라간대요, 얘,"

지애가 선화에게 고개를 돌렸다.

"언니는 아니에요?"

"미쳤니?"

태영은 말없이 벽에 등을 기댔다.

"그렇게까지 나를 믿었니?"

"언니…."

"그럼 나갈 때 붙잡기라도 하지 그랬어. 따라 나오기라도 하지 그랬어."

한참 만에 지애가 입을 열었다.

"어떻게 돌아가는 건지 하나도 알 수가 없었어요. 그런데 오늘은, 모르는 채로도 언니를 붙들고 싶어졌어요."

"언니, 언니는 수술실에 오는 여자들의 마음을 다

알아요?"

선화가 물었다.

"나는 한때는 알 것 같기도 했는데, 실은 알 수가 없더라고요. 같은 여자여도 같은 경험을 해도 마음은 다 다른 거니까. 그래서 늘 모르는 채로 애를 받고 또 지워요. 언니는 어때요?"

태영은 선화와 눈을 마주쳤다. 선화의 쳐진 눈꼬리가 젖어 있었다. 처음 보는 눈이었다.

"언니, 언니가 나가고 처음으로 낮에 그 귀신을 봤어요."

지애가 다시 입을 뗐다.

"없어진 것은 없어질 곳으로 가고, 살아 있는 사람은 살아 있는 사람이랑 살아야 한다고, 그 귀신이 말했어요… 그러지 못해서 언니도 외로울 거랬어요."

지애가 말했다.

"그래서 언니한테 전화를 했어요."

선화가 주전자에 든 끓는 물과 물병의 찬물을 태영의 컵에 채우며 말했다.

"언니, 그 없어졌다는 사람들은 언니가 죽였든, 언니 친구가 죽였든 나는 그냥 이상해요. 경찰은 왜… 우리가 찾을 때는 안 보이다가 우리를 잡아넣을 때만 나타나요?"

"우리가 그 사람들 잡아넣을 수 있음 좋겠다."

지애의 말에 선화와 태영은 눈을 크게 떴다. 선화가 이내 웃음을 터뜨리며 지애의 팔뚝을 쳤다.

"얘, 네가 그런 말 하는 거 처음 본다."

"그렇잖아요. 법이라고 여자가 강간당할 때는 모르는 체하다가 애를 안 낳겠다면 잡아간대고, 의사가 지 할 일을 남한테 맡겨도 정작 밑의 사람만 피 본대고, 에이, 싹 다 지워버리고 싶어."

"뭐를? 법을?"

선화가 깔깔댔다. 태영은 웃지 않았다. 법을 지운다, 생각해본 적 없는 문장이었다.

"언니, 우리는 다 몰라도 언니를 도울 건데요…."

선화가 태영에게 말했다.

"그래도, 언니가 말해주면 더 잘 도울 수 있을 거예요."

태영은 한동안 말없이 물을 후후 불었다. 선화와 지애도 묵묵히 앉아 있었다. 뜨거운 김이 가라앉은 물을 목으로 넘기자, 몸에 온기가 돌았다. 그제야 태영은 입을 열었다. 귀신들 앞에서만 말했던 모든 것들을, 살아 있는 선화와 지애에게 말했다.

"그럼 그 인간은 언니 친구가 죽인 게, 맞는 거네요."

선화가 태영의 손을 잡았다.

"언니, 언니는 일이 어떻게 되면 좋겠어요?"

태영은 무릎에 얼굴을 묻었다.

"은진이를 데려오고 싶어. 눈이 내리면 길이 미끄럽다고 불평도 하고, 같이 차도 마시고 밥도 먹고 그렇게 지내면 좋겠어."

"언니가 들어가면, 둘이서 못 그러는데요."

"나랑 같이 안 해도 좋아."

"경찰서 가서 거짓말하면 죄가 크대요."

"내가 없앤 건 사실인걸."

"하지만 머리를 때린 건 친구라면서요."

"잠깐, 그럼 빠루는 어쨌어요?"

"없애버렸어. 핏자국 닦다가, 뒤틀어서."

"아이고."

선화가 머리를 쥐어 싸는데, 지애가 외쳤다.

"그래, 피!"

"응?"

"봐봐요, 시신도 없고 범행도구도 없잖아요. 그런데 핏자국은 언니가 일일이 지웠다면서요?"

"그래."

"뉴스에서 봤는데, 핏자국은 아무리 깨끗이 지워도

흔적이 남아 있대요. 무슨 용액을 뿌리면 반응이 나온다던데."

"무슨 말을 하는 거야?"

선화가 말했다.

"언니 친구는, 집에서 어머니랑 오빠를 죽였다고 했다면서요. 그런데 수술실에서 피가 엄청 나오면 얘기가 달라지는 거잖아요."

"미쳤니? 그럼 태영 언니가 감옥에 가잖아!"

"그거 말곤 증거가 없는데 어떻게요?"

"그 은진 언니라는 분은 말 한마디로 잡아갔잖…."

태영은 그 순간 망설임 없이 선화의 집에서 뛰쳐나왔다. 하얗고 미끄러운 거리를 뛰어 경찰서로 향했다. 무엇이 죄고 무엇이 죄가 아닌지, 멋대로 정하는 이들에게 가서 알려주기 위해. 적어도 피를 닦은 것은 은진이 아니라는 사실을.

태영은 취조실 전등 아래 김 경사와 다시 마주 앉았다. 부연 조명 아래, 턱을 몸에 붙이고 그는 태영을 바라보았다. 짜증과 피로가 섞인 눈이었다. 그때 문이 열리고 형사 하나가 들어왔다.

"선배님."

둘은 문 앞에서 이야기를 나누다가 함께 취조실로 돌아왔다. 태영의 손엔 다시 수갑이 채워졌다.

"피의자가 말하기 전에 루미놀 해봤어야지, 새끼야."

"나올 줄 알았습니까."

"루미놀이 뭔지는 알았냐, 인마?"

태영은 경찰서 복도가 일렁이는 것 같았다. 모든 풍경에 현실감이 없었다. 그래도, 은진이는 이제 이 길을 걷지 않아도 될 것이었다. 귀신은 사라지고 통장과 이불이 있는 집에서 삶을 살아갈 수 있을 것이었다. 원래 은진의 삶에 태영은 없었다. 그러니 은진은 괜찮을 것이고, 한때나마 서로 가족이 되어 살았던 기억으로 태영도 괜찮을 것이다. 태영은, 그렇게 생각했다.

그러니 은진의 죄명이 살인 교사로 바뀌었다는 소식을 들었을 때, 태영은 구치소 안에 도는 소문을 믿을 수 없었다.

"말이 안 되잖아."

면회를 온 선화에게 재차 사실을 확인하고 난 태영은 유리벽 사이로 중얼거렸다.

"둘 다, 감옥에 있게 됐다고요, 언니."

"……."

선화는 깊게 한숨을 내쉬었다.

"이젠 지애랑 내가 잡혀갈 차례인가? 같이 불법 수술을 하고 오렌지를 나눠 먹었다고? 나는 혼자 죽지 않을 거야. 원장 새끼가 하던 말들 다 녹취해놨다고."

태영은 흔들리는 눈으로 바닥만을 바라봤다.

"언니."

선화가 투명한 벽을 똑똑, 두드리려 하자 교도관이 몸을 움직였다. 선화는 투덜대며 큰 동작으로 팔을 내렸다.

"언니, 내가 왜 언니한테 모든 걸 물어봤는지 알아요?"

"……."

"말 안 해도 되지만, 알면 더 잘 도울 수 있으니까. 언니가 그랬잖아요."

태영이 눈을 들어 얼굴을 쳐다보자, 선화는 슬그머니 시선을 돌렸다.

"처음 같이 일하던 해에 갑자기 하혈을 했을 때, 언니가 아무 말 없이 여벌 옷을 줘서 갈아입고 나왔더니 바닥에 피가 하나도 없데요. 그새 닦아줘서."

태영은 흐린 기억을 더듬었다.

"우리는 말하자면 공범인데, 같은 일을 하고 같은 비밀을 만드는데 그렇지만 임신을 했다고 말하기는 겁났어요. 내가 말한 건… 상대가 언니여서예요."

★

밤에 병원으로 와.

3년 전 그날 태영은 조퇴를 하는 선화에게 말했다. 팔에 카디건을 걸치고 뒤돌아 나가던 선화가 고개를 돌려 태영을 바라봤다. 둘은 서로 눈을 뚫어지게 쳐다봤다. 선화는 말없이 고개를 숙이고 병원을 나섰다. 답을 듣지 못했지만, 태영은 사람들이 모두 나가고 문을 닫을 시간이 지나고도 퇴근하지 않았다. 작은 창문 밖으로 어둠이 내려앉고 있었다. 시계는 어느새 9시를 향해 갔다. 그만 일어나 집에 가려는데, 끼익 소리를 내며 문이 열렸다. 선화였다. 그 밤 처음으로 태영은 밤의 수술을 했다. 시술이 끝나고 정리하는 태영의 곁에 파리한 얼굴의 선화가 비척대며 다가왔다. 선화 씨, 애를 낳지 않는 수술을 하는 건 애를 낳는 것만큼 힘들대요. 앉아서 쉬어요. 말이 끝나자마자 선화는 태영의 품에 얼굴을 묻고 울음을 터뜨렸다. 태영은 선화를 꼭 안아주었다. 태영은 어쩌다 임신하게 되었느냐고는 묻지 않았다. 이제 와 그것을 안다 해도 더 나은 도움을 줄 수 있지는 않을 것 같았기 때문이다. 그런데 선화는, 대기실 의자에 앉아 있다가 정리를 마치고 나오는 태영의 손목을 붙잡았다. 태영은 그 앞에 쭈그려 앉았다. 선화는 자신이 원치 않는 임신을 하게 된 이야기를 들려주었다. 태영은 말없이 선화의 다리를 토닥여주었다. 그리고 말했다. 선화의 잘못이 아니라고. 그때 선화를 부축하고 계단을 내려오며 태영은 직감했다. 앞으로도, 자신의 앞에서 비밀을 털어놓고 싶어 하는 여자들을 만나게 될 것이라고. 그럴 때 자신이 할 일은 비밀을 지켜주는 것뿐이라고. 그리고, 세상이 말하는 것이 다 사실은 아니라는 것을 알려주는 것이라고. 까만 밤거리로 나섰을 때, 횡단보도 앞 트럭에는 과일 상자가 가득했다. 늦봄의 추위에 덜덜 떨며 선화는 태영에게 물었다. 무슨 과일을, 좋아해요. 태영은 괜찮다고 말했다. 그러다 선화의 눈빛을 보고, 한 번도 먹어본 적 없는 오렌지가 담긴 박스를 가리켰다. 그리고 초록불이 켜진 길을 건너며 봉지 속 오렌지 하나를 선화에게 꺼내주었다. 그날 둘은 오렌지가 귤처럼 까지지 않는다는 사실을 처음 알았다.

"언니, 나는요, 사람을 잘 믿지 않아요."
선화는 푸른 수의를 입은 태영에게 말했다.
"그런데 언니는, 믿어도 될 것 같았어요."

"왜?"

태영은, 정말로 궁금해 물었다.

"언니는, 좋은 사람이니까요."

태영은 옅게 웃었다.

"좋은 사람이라는 게 얼마나 대단한지, 언니 때문에 알았어요."

"대단하다고…."

태영은 말했다.

"그렇게 대단하면 대단한 자리에 가 있어야 할 텐데 어쩌다 동네 병원에서 불법 의료행위를 하다가 살인죄로 구치소에 왔을까."

"대단하니까 거기 있었던 거예요."

선화는 단호한 눈빛으로 말했다.

"다들 무언가를 만들어서 뽐내려고 난리인데 언니는, 늘 뭔가 지워주면서 사람을 살리잖아요."

태영은 잠시 숨을 멈췄다. 선화가 투명한 벽으로 몸을 더 기댔다.

"언니, 근데요, 우리는 우리한테 죄가 없는 걸 알아도 왜 언니를 꺼내올 수가 없을까요."

태영의 가슴 한가운데 커다란 돌덩이가 떨어진 것 같았다. 법을 싹 다 지워버리고 싶어, 하던 지애의 혼잣말이 선화가 일으킨 물결에 겹쳤다. 여자들의 몸속에서 태아라 불리는 세포를 지우고, 바닥에 남은 핏자국을 지우고, 남을 고통스럽게 하고도 벌을 받지 않은 이들을 지울 때 정말 지우고 싶은 것은 무엇이었나. 지우지 못한 것은 무엇이었나. 태영은, 속으로 빠르게 거듭 물어보았다. 아무리 이것은 죄가 아니라고 서로에게 속삭여도, 세상이 죄라 부르는 일들이 일어났을 때 태영과 은진, 그리고 선화와 지애를 보호해주는 손길은 없었다. 법이 그러했기 때문이다. 어떠한 법은 위선적인 이름을 달고 끈질기게 법전에 붙어있었고, 어떤 법은 끝내 그 위에 쓰이지 않았다. 그리고 법이 삶을 때릴 때야 여자들은 그 정체를 알았다.

"언니, 언니네 집 주인이 단단히 화가 났데요."

면회 시간이 얼마 남지 않았다. 선화는 다급히 말했다.

"제가 우선 급한 월세는 냈어요. 우편물도 가져왔고요."

태영은 그제야 정리도 하지 못하고 나온 빈집이 떠올랐다.

"언니, 그런데 고양이 키웠어요? 집 안에서."

그때 태영은 선화에게 말하지 않은 마지막 사실을

말했다. 집 화장실에 남은 유일한 존재, 그리고 열쇠를 숨겨놓은 장소를. 교도관이 다가왔다. 선화는, 일어서며 말했다. 꼭 찾으러 오겠노라고. 태영은 선화를 다시 만날 곳이 이곳이 아니리라는 걸 알았다. 그 밤 불이 꺼지지 않은 방에 누우면서도 태영은 계속 그 사실을 생각했다. 태영은 얇은 모포 위에서 눈을 가늘게 뜨고 되뇌었다. 나는 법을 지우고 새로 만들 것이다. 그 문장은 너무 거대해서 무서웠다. 태영은 법을 잘 알지 못했다. 그러나, 할 것이었다. 그러기 위해 이곳을 나갈 것이었다. 다짐하며 이불을 꼭 쥐었다. 속으로 그 말을 계속 중얼거리는데, 어디서 익숙한 소리가 들렸다.

야— 옹.
언니.
야옹.
언니, 어딨어요? 계속 말해요.

태영은 자리에서 벌떡 일어났다. 잠든 재소자들을 지나 창가로 가자 창살 너머로 반투명한 꼬리가 살랑대고 있었다.

야-옹.

태영은, 휘파람을 불었다.

그러자 하늘에서 고양이가 내려왔다. 우아하고 가볍게, 흩날리는 털 위로 밤하늘을 비추며. 그리고 몸을 잔뜩 키운 고양이 영혼의 등 위로 선화와 지애가 올라타 있었다.

"언니!"

지애가 태영을 불렀다.

"선화씨, 지애야…."

두 사람의 얼굴을 마주한 순간 태영은 속에서 북받치는 울음을 꾹 참았다. 그 순간 지애가 얼굴을 일그러트리며 울음을 터뜨렸다. 태영은 창살 너머로 힘겹게 손을 뻗어 지애의 얼굴을 만지다가, 같이 울고 말았다.

"와줬구나, 정말로. 이 험한 데를…."

한참이나 서로를 앞에 두고 울다가 지애가 훌쩍대며 입을 열었다.

"그럼요, 와야죠. 언니가 여기 있는데. 전에 알려준 대로 열쇠로 문을 열고 언니네에 들어갔더니, 우편물 가지러 갈 때마다 문 안에서 야옹대던 이 녀석이 다가오데요. 쭈그려 앉아 머리를 쓰다듬으니, 제 무릎에 이마를 비비더니 등을 내주고 아주 커다란 존재로 변했어요. 이렇게요."

지애가 이곳에 오기까지 있던 일을 성실히 설명하는 사이, 태영은 미안해, 고마워, 연신 중얼대며 눈물 고인 눈으로 두 사람을 태운 고양이를 바라보았다. 딱 한 사람이 더 올라탈 만큼이 빈 그 등 위를.

"그러곤 우리를 태워 밤 하늘을 가로지르는데, 와, 기분 한번 째지데요?"

쿡, 태영은 울다 말고 웃음이 났다.

"무슨 강아지도 아니고 고양이가 이렇게나 영특하고 말을 잘듣는지. 건물들 위를 지나고 지나서 허허벌판도 지나고 구치소까지 도착했지 뭐예요. 담장을 넘어서 이 안에 들어오고 나서, 언니가 있는 방으로 바로 오려고 했어요. 그런데…."

선화가 말끝을 흐리는 지애의 말을 받았다.

"언니를 찾아 헤매는데, 공중에서 킁킁대며 코를 실룩이던 고양이가 어느 창문으로 날아가더군요. 거기서 안에 대고 이 녀석이 힘차게 우니까, 여자 하나가 일어나 다가오더니, 우리를 보고 냉큼 창살 틈에 손가락을 뻗어 고양이 뺨을 어루만졌어요. 이게 무슨 일이냐고 묻지도 않고 울면서 한참이나 그러고 있길래 알

앉죠. 저 사람이, 언니가 사랑한다는 그 사람이구나."

"세상에, 은진이를 찾았다고?"

태영은 심장이 두근거림을 느꼈다. 그런데, 지애가 방금 우리를 뭐라고 불렀지?

"언니, 이제부터 드릴 이야기가 중요해요. 잘 들어주세요."

기쁘게 방망이질치던 태영의 심장이, 낮게 가라앉은 선화의 목소리에 물먹은 듯 내려앉았다.

"지애 얘기를 듣고 언니 집에 가 고양이를 만났을 때, 우리가 한 궁리는 이랬어요. 이 고양이가 참말로 영혼이구나, 그렇다면 태영 언니 말처럼 벽도 뚫고 사람 서넛도 거뜬히 태울 만큼 커질 수도 있으니, 이걸 타고 감옥에서 언니를 꺼내오자. 반쯤은 투명하고 복슬한 털에 파묻혀서 지애랑 같이 여기까지 오면서 가슴이 얼마나 두근거렸나 몰라요. 그런데 이 녀석이 은진이라는 언니 친구를 먼저 찾아냈을 때, 그러니까 우리가 창문 앞에 내려가고 감방에 들어가려고 했을 때…. 알아버렸어요."

"…뭐를?"

"보이지 않는 영혼은 교도소 벽을 넘지 못한다는 걸요."

지금 무슨 소리를 하는 거야. 태영의 입이 멍하니 벌어졌다.

"그럴 리가 없어. 영혼이 된 동물들은 차가운 욕실 벽도, 그 단단한 수술실 벽도 마구 넘나들었는걸. 봐, 그래서 너희도 이렇게 여기 왔잖아."

"언니, 그렇지만 우리가 아무리 애써봐도 은진 언니가 있는 곳의 벽은 넘어갈 수가 없었어요."

"그게 무슨…."

태영은 머리를 싸매고 신음처럼 내뱉었다. 자신이 나가지 못하는 것은 얼마든지 괜찮지만, 은진을 이 시리고 두려운 곳에서 꺼내지 못하는 것, 그리고 태영 역시 같은 교도소 다른 동에 갇힌 채로 은진을 위해 아무 일도 할 수 없다는 사실은 마음을 무너지게 했다.

"그래서 우리는, 그 안에 들어가지 못한 채로 창 너머에서 한참이나 바라봤어요. 은진이라는, 그 언니를."

지애가 말을 받았다.

"언니. 처음에는요, 태영 언니가 그렇게 아끼던 친구가 저분이구나. 그 생각만 했어요. 감옥에 들어가면서까지 구하고 싶은 친구라면 정말 사랑하는 친구겠구나, 하고. 그런데 창살 하나를 사이에 두고 어떻게든 우리가 안으로 가든, 저 언니를 꺼내오든 하려고 요만

한 틈으로 손을 뻗쳐가면서 낑낑대는데 은진이라는 그 언니가 그러데요. 고생하지 말고 돌아가라고. 그때 퍼뜩, 그 언니가 태영 언니랑 참말 닮았구나 생각이 들다가 갑자기 깨달았어요. 둘은 그냥 친구가 아니겠구나, 하고."

"언니, 태영 언니랑 그냥 친구가 아니죠? 하고 지애가 물었더니 은진 언니 눈이 동그래지더니 가만히 웃음을 지어보였어요. 그리고 우리한테 이야기를 해주기 시작했어요."

선화와 지애의 이야기를 듣는 태영의 가슴이 일순 낯선 파동으로 일렁였다.

"어릴 적에 엄마랑 아빠랑 새 오빠한테 겪었던 일부터, 학교에서 태영 언니를 만나고 사랑하게 된 일, 그리고 다시 만난 일…. 은진 언니는, 고양이에 올라탄 우리를 보고 비밀을 들키고 싶어졌다고 했어요. 태영 언니의 고양이가 등을 허락한 사람들이라면, 마지막으로 믿어보고 싶다고요."

"언니, 있잖아요. 그 이야기를 다 듣고 나니까 아무것도 듣지 못했을 때보다 더, 더 많은 게 궁금해지데요. 그래, 태영 언니랑 언니 친구는 그 밤에 우리 병원 수술실에서 사람 하나를 없앴구나. 그건 어쩌면 언니 친구에게 아주 오래 전부터 필요했던 일이겠구나. 그러면…. 그러면 태영 언니는? 언니에게 필요한 건, 뭐였지? 지금 언니에게 필요한 건 무어고 언니는 어떤 마음으로 친구의 엄마를 죽였지?"

지애가 창살 너머 태영에게로 몸을 기울이며 속삭였다.

"그걸 알아내서 같이 일할 때 언니가 우리한테 해줬던 것처럼, 병원을 찾아온 여자들한테 그랬던 것처럼 언니에게 무언가를 해주고 싶어졌어요."

"몰라도 도울 수 있지만, 알게 되면 더 잘 도울 수 있으니까."

선화의 말에 태영은 두 사람의 얼굴을 가만히 바라봤다.

"언니, 우리 아빠가 옛날에 감옥에 간 적 있다고 했죠? 실은 그때, 선화 언니 말이랑 꼭 같은 소릴 하는 사람을 본 적 있어요. 물건을 떼어와서 차로 방방곡곡을 다니며 나르는 일을 하던 아빠가 일하다 당한 사고로 일을 못하는 동안 회사에서 빚으로 달아놓은 트럭 값이 눈덩이처럼 불어나 감옥에 가게 생겼을 때, 같이 일하던 어른들이 엄마를 찾아와서 조그만 명함을 하나 주고 갔어요."

"인권변호사, 라는 사람들이 있대요."

처음 듣는 말이었다.

"그 사람들은 부자가 아니어도, 억울한 사람들 얘기를 들어주고 변호를 해준대요. 언니가, 오렌지만 받고 여자들을 수술해준 것처럼…. 그때 엄마 손을 잡고 찾아간 사무실에서 그 변호사란 사람이 그랬어요. 말씀하시는 것은 자유지만, 이런 저런 이야기를 해주실수록 저희가 돕기에도, 동료 분들이 탄원서를 쓰기에도 힘이 됩니다, 하고."

"탄원서…."

인권변호사라는 말도, 탄원서라는 말도 태영의 귀엔 외국어처럼 낯설게 들렸다. 하지만 그 말을 해준 게 지애라서, 뜻을 같이 해주는 게 선화라서 태영은 은진처럼 마지막으로 무언가를 믿어보고 싶었다. 선화가 물었다.

"언니, 그러니까 말해주실래요? 겨우 오렌지 한 봉지에 여자들을 살려주던 언니가 어째서 태아가 아니라 산 사람을 지우게 되었는지…."

태영은 선화의 눈을 바라보다가, 부르튼 입술을 열었다.

★

 미결수로 보내는 나날은 빠르게 흘러, 태영의 선고가 내려지는 날이었다. 재판장으로 향하는 길, 잠시 푸른 하늘을 올려보며 태영은 지애가 소개해준 인권변호사의 접견 때 들은 말을 생각했다.

 ― 시체도 없고, 서은진 씨의 모친은 지금 공식적으로 죽은 사람이 아니에요. 원칙적으로 살인죄는 성립할 수 없습니다. 그런데, 우리 사법부가 아직 그래요. 언론보도까지 난 이상, 자식이 부모를 죽였다고 자백을 했는데 어떤 이유를 붙여서라도 잡아넣고 말 겁니다. 범인이 필요하면 없는 죄라도 만들어서 종결지은 사건들도 있는 걸요.

 뭐라고 답을 해야 할지 몰라 변호사의 눈을 물끄러미 바라보며 그의 말을 곱씹던 태영에게 변호사는 말했다.

 ― 그래서, 제가 있는 겁니다. 의뢰인 분이 서 씨를 죽였건, 없앴건, 살렸건 받지 않아도 될 만큼의 벌을 받지 않도록 도우려고요. 그러니….

 저를 믿고 사실과 진실을 말해주세요. 태영은 변호사가 했던 말을 소리 없이 입으로 발음해보았다. 아직

쌀쌀한 날씨에 하얀 입김이 피어올랐다. 사실은 무엇이고 진실은 무엇일까. 내가, 은태영이 서은진의 모친을 없앴다. 그렇다면 진실은, 진실은 무엇이지. 내가 변호사의 앞에 털어놓은 그 기나긴 말에는 나의 모든 진실이 담길 수 있었을까. 오늘 재판장에서 오고 갈 많고 많은 말들은? 교도관에게 이끌려 피고석에 앉으며 태영은 생각했다. 어쩌면 자신조차 은진의 진실을 다 모를지 모른다고. 진실이란 그런 것이라고. 그렇지만 그럴수록 더 말하고 싶어지는 게 진실이었다. 그래서 태영은 최선을 다해 변호사에게 자신의 이야기를 전했고, 오늘 드디어 최종 선고가 내려질 재판장에 변호사 없이 혼자서 마지막 발을 들여놓았다. 저 멀리 방청석에 선화와 지애가 보였다. 그러나 도와주는 사람들이 있어도 이것은 결국 태영만의 시간이었다. 재판정의 무거운 공기를 홀로 견디며 태영은 잠시 눈을 감았다. 태영은 법을 잘 알지 못했다. 어떤 법이 자신을 지켜주고 어떤 법이 자신을 찌를지, 온갖 법률 용어가 오가는 재판 한가운데 주인공으로 놓여 있어도 그랬다. 다만 최종변론에서 가장 많이 오간 단어, 증거불충분이 무슨 의미인지는 알았다. 변호사는, 혈흔 외의 다른 증거는 물론 시체가 발견되지조차 않은 사건에 피의자의 증언만으로 살인죄를 물을 수 없다는 말을 강조했다. 수술실은 피가 넘쳐나는 공간이니 혈흔 증거가 의미가 없다고도 했다. 접견 때 태영에게 하던 말과 같은 말이었다. 그는 태영이 은진과 함께 있던 밤 은진이 모친의 머리를 가격한 것을 목격하고 시신을 없앴다는 말을 분명히 들었다. 시신을, 어디에 숨겼나요. 라는 질문에 그냥 없어졌다는 말만을 반복하는 태영을 가만히 바라보던 변호사는 고개를 끄덕이며 말했다. 아무튼, 살인이라 할 만한 증거는 없는 거군요. 멍하니 그를 보던 태영은 넋두리처럼 물었다.

— 증거가 없어도, 아무리 없어져야 할 사람이어도, 사람을 없애버린 건 나쁜 일이지요?

그렇게 물으며 태영은 순간 자신이 꼭 어린 애 같은 물음을 한다고 느꼈다. 혼나기를 기다리며 몸을 배배 꼬는 국민학생이 된 것만 같았다.

— 저는 그런 걸 정하는 사람이 아니에요. 힘이 없다고 해서 받지 않아도 될 만큼의 벌을 받지 않도록 여기 있는 겁니다.

피고석에 앉아 드높은 판사석을 올려보며 태영은 그때 변호사가 언급한 사건들을 떠올렸다. 어릴 적 성폭력을 저지른 가해자를 죽인 여자들. 어떤 이름은 태영도 들은 적이 있었고, 또 어떤 사건 속 여자는 태영이 처음 듣는 사례였다. 변호사는, 인권 변호사들은 주로 노동 관련 사건을 맡는데 자신은 그 여자들의 이야기 때문에 태영을 만나고 싶었다고 했다. 긴 법복에 싸인 판사가 걸어온다. 선고가 내려질 시간이었다. 태영은 자신에게 허락된 좁은 피고석에서 일어선 채 판사의 입을 뚫어져라 쳐다보았다. 두꺼운 안경을 코끝에 걸친 초로의 여성 판사는 준비해온 판결서를 읽기 시작했다.

"…피고인이 실종자의 마지막 행적에 대해 가장 구체적으로 인지하고 있는 점은 인정된다. 다만…"

다만, 다만, 그리고 태영이 알아들을 수 있거나 없는 문장들이 이어졌다.

"서성자 살인 사건에 대한 판결을 선고한다. 주문, 피고인 은태영에게…"

판사가 안경을 고쳐 쓰며 태영의 눈을 바라보고 말했다.

"무죄를 선고한다."

방청석에서 지애의 울음소리가 터져 나왔다.

낡은 코트 깃을 여미며 교도소 정문을 빠져나올 때,

태영의 이마 위론 눈발이 내렸다.

"언니!"

입을 벌린 채 고개를 젖혀 눈을 맞는 태영을 지애가 와락 끌어안았다.

"언니, 고생했어요. 정말로 고생 많았어요."

"무죄가 나왔으니, 은진 언니도 곧 나올 거예요. 대단해요, 언니. 변호사가 아니라 언니가 버텨서 겨울을 이기고 나온 거예요."

울먹이는 지애의 옆에 선 선화도 태영을 살며시 껴안는데 가슴에 뭉클, 무언가 둥그렇고 무른 것이 닿더니 어디서 달큰한 냄새가 물씬 풍겼다. 태영이 시선을 내리자 선화는 품에 안은 두툼한 봉투를 태영에게 내밀었다. 바스락, 봉투 안에 손을 넣자 복슬한 솜털이 느껴졌다.

"두부보다 이게 낫지 않겠어요. 겨울에 구해온 복숭아인데."

태영은 백도 복숭아를 가만히 손 위에서 굴렸다. 분홍빛 말랑하고 보송한 껍질 위로 눈송이가 날아와 앉았다. 한참을 그러다 태영은 입을 벌려 복숭아를 크게 깨물었다. 솜털이 붙은 질긴 껍질 너머 달콤한 과육이 입 안 가득 차올랐다. 그 순간, 잇사이를 비집고 울음이 나왔다.

"어머 언니, 왜 울고 그래요…."

먹먹한 귓가로 지애의 목소리가 들려올 때, 태영은 양볼 가득 복숭아를 물고서 흐느끼며 말했다.

"복숭아가, 너무 달아서…."

아유 참, 언니도. 지애와 선화가 달래주는 곁에서 태영은 처음으로 아이처럼 뚝, 뚝 떨어지는 눈물을 주먹으로 훔치며 울었다.

재판을 앞두고 탄원서를 써준, 수술실에서 만난 여자들의 얼굴이 하나하나 기억났다. 태영이 오렌지를 받고 수술해준 여자들. 그들은 세간이 떠들썩한 이 사건의 피의자가 태영이라는 소문을 듣고 몰래 병원으로 찾아왔다고 했다. 그리고, 태영을 위한 탄원서에 이름을 적어줬다. 태영은 그래서 이제 그들의 얼굴뿐 아니라 이름을 알게 되었다.

"복숭아를 껍질 채 먹으니 그러죠. 털복숭이를. 에이, 나도 어디 언니처럼 통째로 먹어보자."

선화는 짐짓 장난스레 그렇게 말하더니, 한참을 말이 없었다. 태영은 눈물 고인 눈을 들어 선화를 보았다. 그리고 알았다. 선화도, 울고 있다는 것을. 그 순간 하늘 저 멀리서 야옹, 소리가 희미하게 들리고 이어 깍깍,

소리가 났다. 태영은 다시 눈을 감았다. 보이지 알 수 있었다. 오래도록 좁고 높은 집 한 평짜리 욕실 안에서 산 자들이 지키지 않은 태영의 곁을 지켜온 영혼들. 그들이 겨울 하늘을 지나 자신들의 자리로 훨훨 날아가고 있다고.

에필로그

"은진아."

노트북 앞에서 돋보기를 벗으며 태영이 은진을 불렀다.

"응?"

"우리 이야기, 이대로 이렇게 써도 괜찮을까?"

"뭐가 걱정이야. 우리 은태영 작가 글인데."

은진이 등 뒤로 다가와 태영의 어깨에 손을 얹으며 물었다.

"세상이 너무 달라져서, 사람들이 우리 얘기에 관심이 없을까 봐?"

세상이 달라졌다고…. 태영은 속으로 은진의 말을

되뇌어보았다.

"그래, 그렇지…. 더는 낙태죄가 존재하지 않고, 여자끼리 결혼할 권리를 사람들이 말하고, 자식을 건드린 범죄자를 벌하는 법이 생기고. 그런데 은진아."

태영은 옆에 앉아 다정히 머리를 기대오는 은진에게 말했다.

"나는 왜 자꾸, 여전히 아이를 못 지워 옥상에 오르는 여자가 있을 것만 같지. 왜 아직도 아빠를 벌하지 못해 길을 헤매는 여자 애들이 있을 것 같지, 왜…. 네가 아플 때 나는 수술에 동의할 자격조차 없는 거지."

은진이 태영의 손을 잡았다.

"그런 생각을 하면 나는 왈칵 겁이 나. 우리 얘기가 여전히 유효할까 봐. 그냥, 현실을 그대로 옮긴 것에 지나지 않을까 봐."

"태영아."

태영을 꼭 껴안으며 은진이 말했다.

"그럼 어때서? 우리가 안 옮기면, 누가 그걸 옮겨? 그러고도 아쉬우면 이 다음에 또 쓰면 되지. 법이 지워지고 새로 생겨도 우는 여자들이 있다고, 우리가 다 못 쓰면 다른 사람들이 또 써달라고, 그렇게 쓰면 되지."

그렇게 말하는 은진의 품속에서 숨을 고르며 태영은 생각했다. 고통 받던 여자들이 가해자를 죽이고서 생겨난 법들과 숱한 여자들이 세상을 등지고서야 사라진 법 조항을. 그리고 자신이 아는 여자들을 위해 무언가를 없앤 후 홀로 감당해야 했던 생생한 고통을 떠올렸다. 더는 약하고 다친 사람들이 직접 애써 누군가를 없애지 않아도 되면 좋겠다고, 그런 것만은 법이 대신 해주면 좋겠다고 마음으로 속삭이며 태영은 고개 들어 은진에게 입 맞췄다. 노트북을 닫고 출판사에 보낼 원고묶음을 정리하고서, 은진과 태영은 서로의 허리를 감싸고 침실로 향했다. 타박, 타박. 두 사람이 푹신한 슬리퍼를 끌고 둘 만의 집에서 둘 만의 침대로 향할 때 밤의 수술실, 원고 위에 박힌 다섯 글자 제목 위로 안부를 물으러 온 영혼들의 그림자가 뾰족한 귀와 부리를 드리웠다.

〈끝〉

작가의 말

시리고 환한 곳에서, 당신에게

　태어나 만난 세상은 환하고, 북적이고, 두려웠습니다. 울음을 터트리지 않으려면 주먹을 꼭 쥐어야 했지요. 준비물이 없다고 매를 맞으며 자라다 학교 대신 직장에 갔습니다. 그곳에서 낯선 말들을 들으며 내가 알지 못하는 일을 했습니다. 그러는 동안 소중한 사람도 생겼습니다. 그들도 나처럼 무서웠을까요? 묻지 못했는데 그들은 갑자기 어디론가 가버리더니, 영영 돌아오지 않았습니다.

　마지막 인사를 하세요. 작별의 순간 의료진은 그렇게 말했습니다. 장난치지 마, 울면서 뺨을 쓸어도 당신이 일어나지 않아 무서워졌습니다. 수의를 입히고 관을 덮기 직전에도 사람들은 그렇게 얘기했습니다. 당신이 화장터에서 재가 되어 나왔을 때도 누군가 그 말을 해줬습니다. 순간 알아버렸습니다. 작별이라는 것은 해도 해도 마지막일 수 없다는 것을. 나는 결코 마지막 인사를 할 수가 없다는 것을.

    세상이 이렇게 환하고 시리고 두려운 건 살아 있기 때문일까요. 그렇다면 죽음 뒤엔, 그러니까 생에서 밀려난 뒤엔 더는 삶이 무섭지 않아질까요. 어쩐지 그렇지는 않을 것 같아서, 사랑하던 당신이 여전히 어딘가를 두렵게 헤매고 있을까 나는 또 겁이 납니다. 그래서 이 순간에도 자꾸만 묻고 싶어집니다. 당신은, 이곳이 무섭지 않냐고.

2025년 여름,
이빗물

밤의 수술실

초판 1쇄 발행 2025년 7월 10일

지은이 이빗물
펴낸이 나성채
디자인 김선예, 이다솔, 이수정
마케팅 박동준

발행처 오러 orror
등록 2023년 4월 26일(제2023-000003호)
주소 010542 경기도 고양시 덕양구 청초로 19
　　　아이에스비즈타워센트럴 A동 707호
전화 02.324.3945-6　**팩스** 02.324.3947
이메일 orrorpub@gmail.com

ISBN 979.11.93984.14.7　04810
　　　979.11.983254.0.2　04810(세트)

ⓒ 이빗물, 2025

책 값은 표지 뒤쪽에 있습니다.
잘못 만들어진 책은 구입하신 서점에서 교환해 드립니다.